광해록

광해록 1

초판 1쇄 인쇄일 2014년 12월 10일 | **초판 1쇄 발행일** 2014년 12월 13일

지은이 조 휘 | **펴낸이** 곽중열 | **담당편집 팀장** 이범수
편집부 신연제 이윤아 김호성 김은경

펴낸곳 (주) 조은세상 | 출판등록 제 2002-23호
주소 경기도 연천군 미산면 청정로 1355
TEL 편집부 02)587-2966 | FAX 02)587-2922
e-mail bukdu@comics21c.co.kr

ISBN 979-11-5512-854-1 | ISBN 979-11-5512-853-4(set) | 값 8,000원

光海錄 광해록

NEO ALTERNATIVE HISTORY FICTION

조휘 대체 역사 장편소설

1

CONTENTS

NEO ALTERNATIVE HISTORY FICTION

광해록

서장

NEO ALTERNATIVE HISTORY FICTION

서 장

"오늘 특별대담은 한국형 미사일개발계획이라 불리는 KMX를 진두지휘하고 있는 국방과학연구소의 수석연구원 이중원(李中元)씨를 모셨습니다. 참고로 이중원씨의 약력을 간단히 소개하면 한국대 기계공학과를 졸업한 후 미 유수의 대학에 유학해 화학, 기계공학, 무기재료학 등으로 석, 박사학위를 받으셨습니다. 현재는 귀국해 국방과학연구소, 즉 ADD 수석연구원으로 있습니다."

여자 앵커의 소개가 끝나기 무섭게 카메라가 풀 샷을 잡았다.

이중원은 긴장했는지 넥타이를 고치다가 얼른 손을 내렸다.

앞에 있는 모니터에 자기 얼굴이 나오는 바람에 깜짝 놀란 탓이다.

여자 앵커가 프롬프터의 질문을 보더니 앵무새처럼 따라 읽었다.

"먼저 시청자여러분께 자기소개부터 해주시죠."

이중원은 미리 생각해둔 말을 꺼내려다가 흠칫 굳었다.

머릿속이 하얘져 인사말이 생각나지 않았다.

옆에 앉은 앵커가 탁자 밑으로 손을 흔드는 모습이 보였다.

무슨 말이든 빨리 하라는 표시였다.

1, 2초의 정적이 지나간 후에야 이중원의 입이 간신히 열렸다.

"만나서 반갑습니다. 국방과학연구소에서 나온 이중원입니다."

걱정과 달리 목소리는 찢어지거나, 뒤집어지지 않았다.

짧게 안도의 숨을 쉰 앵커가 물었다.

"하는 일이 정확히 어떻게 되시나요?"

"저는 국방과학연구소에서 신형 미사일계획에 참여하고 있습니다."

"미사일도 종류가 많은데 어떤 계획에 참여하고 계신거죠?"

"순항미사일, 즉 크루즈미사일을 개발 중에 있습니다."

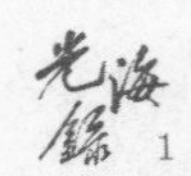

앵커의 눈이 다시 프롬프터로 향했다.

"제가 알기로 한국에는 이미 순항미사일이 존재하는 걸로 아는데요."

"예, 맞습니다. 현무라는 이름의 순항미사일이 존재합니다."

"그럼 현무미사일과 지금 개발 중에 있는 미사일의 차이점이 뭐죠?"

질문한 앵커가 웃으며 말을 덧붙였다.

"기밀이 아닌 선에서 말씀해 주실 수 있나요?"

"현무미사일보다 사거리와 명중확률이 올라간 미사일입니다."

신형미사일에 대해 몇 가지 물어본 앵커가 물었다.

"약력을 보니 대단하시던데 소위 말하는 천재신가요?"

이중원은 어색한 미소를 지으며 고개를 빨리 저었다.

"아닙니다. 아니에요. 저는 운이 좋았을 뿐입니다."

"17살 어린나이에 한국대를 졸업하시고 20살에 석사, 22살에 박사학위를 취득하셨으면 충분히 천재라 불려도 상관없지 않을까요?"

"좋은 교수님들과 뒷바라지 해주신 부모님, 그리고 해외에 나가 공부할 수 있도록 국가에서 물심양면으로 지원해주신 덕분입니다."

앵커가 상체를 이중원 쪽으로 조금 숙이며 물었다.

"저 같은 사람이 듣기에는 기계공학하나만도 학위를 따기 어려울 거 같은데 화학과 무기재료학까지 공부하신 이유가 무엇인가요?"

"저는 앞서 말씀드렸다시피 국가에서 전액장학금을 받아 유학했습니다. 그래서 나라에 도움이 되는 일을 하고 싶어 공부했습니다."

앵커가 질문에 살을 붙였다.

"그럼 미국의 유명한 연구소에서 한국으로 돌아오신 이유도?"

"맞습니다. 국가에 보답하기 위해서입니다."

이중원은 한동안 강한 조명과 익숙지 않은 카메라 세례를 받으며 국방의 중요성과 국방과학연구소에 대해 앵커와 대담을 나누었다.

어떻게 했는지 모를 방송이 모두 끝난 후.

카메라 불이 모두 꺼진 모습을 본 앵커가 일어나며 손을 내밀었다.

"오늘 잘 하셨어요."

이중원은 그녀의 악수를 받으며 슬쩍 물었다.

"정말 잘했나요?"

"그럼요. 처음에는 저도 살짝 긴장했는데 나중에는 정말 잘하셨어요."

작별을 고한 앵커가 돌아가다가 슬쩍 돌아와 명함을 건

넸다.

"혹시 궁금한 게 있으시면 여기로 전화주세요."

"아, 알겠습니다."

"그럼 나중에 또 봐요."

인사하며 돌아서는 앵커의 머리카락에서 좋은 샴푸냄새가 풍겼다.

"음."

이중원은 그 동안 연구에만 몰두한 거 같아 쓸쓸한 기분을 느꼈다.

"그러고 보니 어머니께서 선 자리를 알아보신다고 했었는데……."

어쨌든 생방송을 마친 이중원은 방송국 주차장으로 내려왔다.

그가 팔자에 없는 생방송에 출연한 이유는 국민의 여론 때문이었다.

국방예산이 이미 줄은 상황에서 더 줄이라는 여론에 국방부는 젊고 뛰어난 인재인 그를 방송에 내보내 여론을 돌려보려 하였다.

차에 올라 목을 죄는 넥타이를 먼저 푼 이중원은 시동을 걸었다.

"이런 일은 정말 싫군."

주차장을 나온 그는 방송국이 마련한 호텔로 차를 몰았다.

국방과학연구소는 대전에 있어 올라올 때 호텔을 잡았다.

호텔로 향하던 이중원은 아름다운 한강의 야경을 잠시 바라보았다.

교량에 조명을 달아 유원지에 있는 기분이었다.

기분이 좋아진 이중원은 라디오를 틀었다.

자동으로 주파수를 찾는 프로그램이 돌아가며 방송이 흘러나왔다.

한데 치익 소리가 나더니 주파수가 갑자기 표준을 벗어났다.

"왜 이러지?"

이중원이 라디오 버튼을 조정하려는데 기이한 목소리가 들려왔다.

남자인지, 여자인지 알 수 없는 중성적인 목소리였다.

이중원은 소름이 쫙 돋아서 주파수를 원래대로 돌리려 하였다.

그러나 주파수는 마치 그 자리에 고정이 된 듯 움직이지 않았다.

그 기이한 목소리가 다시 들려왔다.

그리고 이번에는 부분적이기는 해도 충분히 알아들을 수 있었다.

"당신이……, 다른 사람의 삶을……, 살게 된다면 누구의 삶을 살고 싶으십니까? 당신에게 그 기회를……, 드리도록 하겠습니다.”

이중원은 흠칫 놀라 몸이 굳었다.

“이게 대체 무슨 소리야?”

무섭운데다 황당하기도 하여 집중력이 흐트러진 사이.

빠앙!

바짝 붙어 따라오던 차가 경적을 울리며 지나갔다.

라디오에 신경 쓰느라, 자신도 모르는 사이에 속도를 줄인 것이다.

‘아차, 운전에 집중해야지.’

그러나 라디오에서 흘러나온 말이 계속 신경을 건드렸다.

아무리 생각을 하지 않으려 해도 라디오에서 흘러나온 말처럼 다른 사람의 삶을 살 수 있다면 누가 좋을지 생각해버린 것이다.

그때였다.

고개를 돌린 이중원의 시야에 중앙선을 넘는 덤프트럭이 보였다.

이중원은 설마 하는 심정으로 보았다.

한데 설마가 아니었다.

덤프트럭은 중앙선을 넘어 곧장 이중원의 차를 향해 돌진해왔다.

반사적으로 핸들을 돌리는 순간.

콰앙!

가드레일을 박은 차가 빙글빙글 돌았다.

그리고 그와 동시에 덤프트럭의 헤드라이트가 운전석을 비추었다.

쿠웅!

육중한 덤프트럭은 소형차를 짓이기며 10미터를 끌고 갔다.

소형차 안에 탄 사람이 살아날 가망성은 없어보였다.

모든 게 부서진 차에서 다시 치익하는 소리와 함께 목소리가 들렸다.

"행운을……."

1장. 영변의 약산

NEO ALTERNATIVE HISTORY FICTION

光海錄

1장. 영변의 약산

홀로 붉은 난간에 의지하여 모자를 비스듬히 하고
취한 눈으로 멍하니 바라보네.
백이 삼천이 참으로 훌륭한데
겹겹이 피어오르는 연화는 몇 집이나 되는고.
솔바람 소리 비를 지어 금탑에 시끄럽고
나무 그림자 봄을 흔들어 창가로 들어오네.
이 변성(邊城)에는 아무 일도 없으니
춤추고 노래하여 풍광을 즐겨도 무방하리.

이는 문신 허굉(許硡)이 영변(寧邊)을 보고 지은 시다.
조선 중기 문신 허굉은 평안도관찰사로 재직하던 어느

날 영변에 들렀다가 평화로운 영변의 풍경에 감탄해 지금 이 시를 지었다.

의주와 가까운 영변은 국경 방어의 중요한 거점이었다.

그 중 영변에 있는 약산(藥山)은 봄에 붉은 진달래꽃이 온 산을 뒤덮어 마치 산이 타오르는 듯했는데 이에 영감을 얻은 시인 김소월은 그의 시 '진달래꽃'에서 영변에 약산 진달래꽃이라 노래했다.

봄에는 이처럼 진달래꽃이 절정을 이루는 약산엔 별칭이 있었다.

바로 철옹성(鐵甕城)이었다.

약산은 비록 높지는 않지만 그 대신 절벽에 둘러싸여 있어 한 명이 막으면 열 명이 공격해도 뚫기 어려울 만큼 천혜의 요새였다.

평안도에서 오직 이 약산만이 적을 제대로 막을 수 있다고 생각한 조상들은 산성을 세웠는데 그게 바로 약산산성(藥山山城)이다.

진달래꽃마저 다 진 이 약산의 산성에 비가 후드득 쏟아졌다.

비란 모름지기 생명의 성장을 도와주는 옥토(沃土)와 다르지 않았다.

때맞춰 내린 비에 기뻐할 만도 하건만 분위기는 무거웠다.

마치 왕조의 종말을 알려주는 조종(弔鐘)이 울린 직후처럼 보였다.

***

산성의 어느 심처.

열일곱, 열여덟로 보이는 젊은 청년 하나가 땀을 흘리며 누워있었다.

청년은 잠시 얼굴을 찡그리는가 싶더니 벌떡 일어났다.

상투를 튼 머리는 머리카락이 빠져나왔으며 비단 옷은 땀에 절었다.

서둘러 얼굴과 몸을 만져본 청년은 그제야 안도했다.

"휴, 다친 데가 없구나."

한데 무언가 이상했다.

분명히 정신을 잃을 때는 그가 3년 전에 산 작은 소형차 안이었다.

그를 향해 미친 듯이 질주하는 덤프트럭이 기억에 선명했다.

한데 그가 지금 있는 장소는 자동차 안이나, 병원 안이 아니었다.

그는 주위를 한 바퀴 둘러보았다.

그가 지금 있는 곳은 창문과 문이 있는 고풍스런 방이었다.

바닥엔 가죽으로 만든 장판이 있었으며 한지로 만든 문도 보였다.

그는 일어나서 장롱 위에 있는 거울을 집어 들었다.

그리고 그제야 그가 입은 옷이 비단으로 만든 한복임을 알아보았다.

더 놀라운 사실은 거울에 비친 얼굴이 그가 아니라는 거였다.

아니, 그의 얼굴이 맞기는 했으나 10여 년 전 여드름이 한창이던 시절의 얼굴이었다. 청년은 믿을 수 없는지 멍한 표정을 지었다.

그는 자기 볼을 꼬집었다.

"아."

신음이 입술 사이로 새어나왔다.

이번에는 허벅지를 멍이 들도록 힘껏 꼬집어보았다.

역시 마찬가지였다.

참을 수 없는 고통에 얼굴이 일그러졌다.

꿈이라면 깰 것이며 환상이라면 자연히 사라질 것이다.

그러나 아무리 용을 써 봐도 그가 있는 이곳은 현실 그 자체였다.

"대, 대체……."

그는 과학자였다.

어머니가 절에 다녀 종교를 물어보는 설문에 가금 불교라 대답하기는 하지만 그 외에는 신이나, 미신에 대해 전혀 믿지 않았다.

그는 과학적으로 추론 가능한 일이 아니면 믿지 않았다.

한데 지금 믿을 수 없는 일이 그의 안에서 분명히 일어났다.

이는 단연코 과학으로 설명하기 힘든 일이었다.

그때였다.

밖에서 중년 남자의 목소리가 들려왔다.

우리말인 건 분명한데 마치 사투리처럼 알아듣기 어려웠다.

'어쩌지?'

그가 미적대는 사이.

문이 열리며 조선시대 관복에 흰 조끼를 입은 중년사내가 들어왔다.

그가 다시 뭐라 말을 걸었는데 여전히 알아듣지 못했다.

잠시 후, 사내가 무릎걸음으로 다가오더니 다짜고짜 맥을 짚었다.

한참동안 맥을 살펴보더니 사내가 다시 뭐라 물었다.

그러나 이번에도 마찬가지였다.

한 번에 알아듣기 힘든 단어와 말투였다.

다만, 그가 의원이며 지금 맥을 짚었다는 사실만 알 뿐이었다.

진맥한 결과를 설명한 사내는 이내 절을 올리더니 다시 나가려했다.

"잠, 잠깐!"

그의 목소리에 의원이 다시 돌아와 자리에 앉았다.

청년은 떨리는 목소리로 물었다.

"당, 당신은 대체 누굽니까? 그, 그리고 여긴 어딥니까?"

용케 알아들었는지 고개를 갸웃하더니 그의 표정에 수심이 어렸다.

"신을 정녕 몰라보시겠사옵니까?"

정신을 집중해서 그런지 상대의 말이 조금씩 들려오기 시작했다.

"처음 보는데 당신은 날 아십니까?"

"신은 어의 허준(許浚)입니다."

허준이라는 말에 머릿속이 더 복잡해졌다.

'허준? 어떤 허준을 말하는 거지? 설마 그 허준은 아니겠지?'

다시 물었다.

"어의면 왕을 치료하는 의원 말입니까?"

"그렇습니다."

고개를 끄덕인 허준은 그의 맥을 다시 살폈다.

이번에는 눈동자를 살피더니 고개를 젖고는 머리 부위를 살폈다.

그는 허준의 손에 몸을 맡긴 채 다시 물었다.

"여긴 대체 어딥니까?"

미간을 살짝 찌푸린 허준은 당황한 얼굴로 대답했다.

"여긴 영변부의 약산산성입니다. 어디 크게 다치신 데는 없는듯한데 어찌 기억을 못하시는지……. 우선 전하께 아뢰어야할 거……."

허준의 말 중 반을 알아듣지 못했다.

그러나 그 중 전하라는 말은 그의 머리를 강타했다.

"전하라면? 임금님을 말하는 겁니까?"

"그렇습니다. 저하의 부친이신 주상전하마저 기억에 없으시옵니까?"

"저하라니……. 그렇다면 설마? 지금이 몇 년인지 아시나요?"

허준은 여전히 걱정을 떨치지 못한 모습으로 대답했다.

"임진(壬辰)년입니다."

"영변부면 평안도 영변을 말하는 모양인데 왜 여기에……?"

"왜적이 침략해 와서 이곳 영변으로 몽진(蒙塵)한 걸 잊으셨습니까?"

"왜적……. 몽진……. 영변이라……. 맙소사!"

그는 거울로 바뀐, 아니 젊어진 얼굴을 손으로 만져보았다.

'왜적이 쳐들어와 영변으로 어가가 이동한 해는 1592년, 즉 임진왜란 첫해다. 그리고 당시에 저하라고 불린 사람은 광해군인데?'

그는 교통사고가 나기 전에 들은 라디오 목소리가 떠올랐다.

'설마 그게 현실로? 아니야, 그럴 리가 없어.'

그러나 아무리 부정해봐도 이는 엄연한 현실이었다.

지금은 임진왜란이 일어난 지 두 달이 채 안 된 1592년 여름이었다.

그리고 나라를 지켜야하는 막중한 임무를 지닌 세자였다.

이제 이중원이란 이름 대신에 광해군 이혼(李琿)으로 살아야했다.

잠시 밖이 웅성거리더니 알아듣기 힘든 소리가 들려왔다.

그는 당황해 물었다.

"무슨 일입니까?"

허준 역시 당황하기는 마찬가지였다.

"저, 저하께 전하의 교지(敎旨)가 내려온 듯합니다."

"교지라면 주상전하의 명령이라는 말입니까?"

"그렇습니다. 어서 나가보십시오. 사자를 기다리게 해선 안 됩니다."

지금 믿을 수 있는 사람은 말이 통하는 이 허준밖에 없었다.

그는 나가려는 허준의 옷자락을 얼른 붙잡았다.

"나를 도와주십시오."

번민이 이는지 잠시 복잡한 심경을 드러낸 허준이 물었다.

"정말 기억을 잃으신 겁니까?"

"제가 장난하는 거처럼 보입니까?"

"휴, 알겠습니다. 도와드리지요."

"그럼 옆에서 내가 어떻게 행동해야하는지 당신이 알려주십시오."

"알겠습니다."

그는 허준을 앞세워 밖으로 나갔다.

비가 추적추적 내리는 쓸쓸한 오전의 풍경이 먼저 눈에 들어왔다.

우의를 챙기지 못해 낭패한 모습의 내관과 궁녀들.

그리고 피곤한 모습을 숨기지 못하는 병졸들의 지친 모습.

그는 고개를 돌려 그가 머물렀던 전각을 돌아보았다.

팔작지붕을 가진 작은 누각이 비에 젖어 처연한 모습을 드러냈다.

처마에서 떨어지는 빗소리와 함께 비릿한 비 내음이 코를 찔러왔다.

그의 시선이 돌계단을 지나 마당 가운데 있는 나무로 향했다.

은행나무처럼 보이는 커다란 고목 밑에 관복을 입은 사내가 있었다.

허준은 그를 나무 밑에 있는 그늘로 데려갔다.

비가 들이치는 바람에 관복을 입은 관원의 얼굴이 일그러져 보였다.

그는 관원 앞에 가서 섰다.

진창을 걸었는지 흙이 묻은 관원의 신발과 밑단이 애처로워보였다.

관원이 교지를 펴며 뭐라 말을 했다.

그가 알아듣지 못해 잠시 멈칫하는 순간.

허준이 슬며시 다가와 속삭였다.

"무릎을 꿇으십시오."

그는 시키는 대로 그 앞에 무릎을 꿇었다.

관원은 이내 교지를 펴서 마치 노래를 부르듯 무슨 말인가를 했다.

교지의 내용이 긴 듯 한참이 지나서야 끝이 났다.

허준이 다시 속삭였다.

"교지에 절을 한 후 두 손으로 공손히 받으십시오."

그는 다시 시키는 대로 일어나 교지에 절한 후 두 손으로 받았다.

할 일을 마친 관원은 이내 내관, 병사들과 다시 돌아갔다.

그도 몸에 오한이 일어 얼른 다시 방으로 돌아왔다.

"교지의 내용이 무엇입니까?"

따라 들어온 허준이 설명해주었다.

"저하에게 분조(分朝)를 맡기니 왜란을 진압하라는 내용이었습니다."

그는 고개를 끄덕였다.

'역시 역사대로 선조는 의주를 통해서 요동으로 도망칠 생각이구나.'

며칠 전 최후의 보루인 평양성마저 왜군에 함락당한 선조는 적에게 잡히기 전에 명과 교섭하여 요동으로 망명할 계획을 세웠다.

그리고 그 사이 조선에 남아 전쟁을 지휘하는 일은 평양에서 대신의 건의로 급작스레 세자에 오른 광해군에게 맡기려는 모양이다.

그는 선조의 가계도를 머릿속에 그려보았다.

'선조에게는 중궁으로 의인왕후(懿仁王后) 박씨(朴氏)가 있었는데 그녀는 아이를 낳지 못했다. 그래서 후궁이던 공빈(恭嬪) 김씨(金氏)의 아들 임해군(臨海君)과 광해군, 그리고 인빈(仁嬪) 김씨의 아들 신성군(信城君), 정원군(定遠君), 의창군(義昌君) 중에서 세자를 골라야했다. 당시 선조의 총애는 공빈에게서 인빈으로 넘어가 있어서 선조는 내심 인빈의 둘째 아들 신성군을 세자로 삼으려 하였다. 인빈의 첫째 아들 의안군(義安君)은 어린 나이에 요절해 둘째인 신성군이 인빈의 맏아들 노릇을 하고 있었다.'

내심 광해군을 세자로 생각하던 신하들과 줄다리기를 하느라, 선조는 신성군을 세자에 앉히지 못한 채 지금까지 차일피일 미루었다.

한데 임진왜란이 일어나며 상황이 급해졌다.

언제 나라가 망할지 모르는 상황에서 세자의 자리가 비어있으면 왕실 후계가 끊어질 수 있어 부랴부랴 광해군을 세자로 책봉했다.

광해군에게는 형 임해군이 있었으나 그는 인간백정이었다.

그런고로 서자 중에 가장 신망이 두터운 광해군이 세자가 되었다.

물론, 이는 훗날 피비린내 나는 골육상잔의 단초로 작용한다.

흔들리는 마음을 가까스로 추슬렀을 무렵.

이번에는 문 밖에서 남자의 가느다란 목소리가 들려왔다.

잠시 귀를 기울이던 허준이 이제는 먼저 무슨 말인지 알려주었다.

"어가가 의주로 출발하니 배웅하라는 전갈입니다."

그는 어느새 허준을 마음속으로 깊이 의지했다.

"가서 어떻게 해야 합니까?"

잠시 고민하던 허준이 대답했다.

"신이 몇 가지 신호를 만들었으니 이걸 보고 대답하십시오."

"알겠습니다."

"말은 최대한 아끼십시오. 만약, 저하께서 기억을 잃었다는 사실을 주상전하에게 발각을 당하면 동궁의 자리마저 위험해지옵니다."

"명심하겠습니다."

"그리고 계속 말씀을 드리려했는데 신에게는 하대를 하셔야합니다."

"노력해보……. 노력해보겠소."

"그럼 서두르시지요."

그는 허준의 안내를 받아 약산산성의 정문으로 걸어갔다.

옆에서 따라오는 늙은 내관 하나가 기름먹인 종이우산을 씌워주었지만 이미 용포는 다 젖었으며 신발은 흙투성이가 되어버렸다.

산성의 정문은 그리 멀지 않았다.

“저기입니다.”

허준의 말을 듣기 전에 이미 그게 성문임일 알아보았다.

6, 7미터가 넘을 거 같은 성벽에 성루와 성문이 모습을 드러냈다.

그는 성문으로 걸어가며 자신에게 다짐했다.

‘이제부터 나는 이중원이 아니라, 광해군 이혼이다.’

성문을 나오는 순간.

좌아악!

폭우가 쏟아지는 가운데 야트막한 산의 전경이 내려다보였다.

그리고 진흙탕으로 변한 산길에 백여 명이 옹기종기 모여 있었다.

이혼은 급히 용포를 입은 임금에게 달려가 머리를 조아렸다.

비가 세차게 내려 잘은 보이지 않지만 다소 날카로운 인상이었다.

또, 살집이 없어 강팍해보였으며 눈에는 짜증이 가득했다.

그 옆으로 평범한 인상의 중전과 신성군, 정원군, 의창군 등이 보였는데 이제 세 살인 의창군은 유모의 등에 업혀 잠이 들었다.

다시 그 뒤로 여러 후궁들의 모습이 보였다.

그리고 어가 반대편에는 대신과 장수들, 궁인들이 보였다.

망국으로 치닫는 지금 상황을 말해주듯 모두 몹시 지친 모습이었다.

이혼을 본 선조가 천천히 입을 떼었다.

목소리마저 날카로워 그리 좋은 목소리는 아니었다.

뭐라 분부를 하긴 하는데 알아듣기 어려워 허준을 곁눈질로 보았다.

시선을 받은 허준은 소매를 만지거나, 머리를 살짝 조아렸다.

'저게 아까 말한 신호구나.'

이혼은 사전에 약속한 대로 미리 외워둔 대답을 하였다.

소매를 만지면 '알겠사옵니다.' 라고 하고 머리를 살짝 조아릴 때는 '괜찮사옵니다.' 라고 대답했다. 다행히 비가 내리는 소리에 표정이나, 목소리, 어색한 대답이 뒤섞여 자연스러운 위장이 되었다.

한동안 뭐라 지시를 내린 선조는 이내 어가에 올라 의주로 떠났다.

이미 선조의 망명을 청하는 사신이 요동에 있었다.

그리고 명나라에서도 사신을 보내 조선의 상황을 살피는 중이었다.

선조는 그렇게 망해가는 나라를 그에게 넘긴 채 망명길에 올랐다.

어가가 뿌연 산안개에 가려 보이지 않을 무렵.

그제야 고개를 든 이혼은 허준을 돌아보았다.

"어의는 어가와 같이 가지 않는 겁니까?"

"저하에게 어젯밤부터 고열이 있으시어 신에게 진맥하라 하셨사옵니다. 한데 오늘도 상태가 나빠 보였는지 계속 남아있으라 하셨습니다. 하여 한동안은 저하와 같이 움직이게 될 거 같습니다."

이혼은 천만다행이라 생각했다.

지금은 허준에게 의지하지 않으면 할 수 있는 일이 거의 없었다.

처소에 돌아온 이혼은 허준을 안으로 청해 물었다.

"지금까지 전황이 어떻게 흘러왔는지 알려주시겠습니까?"

"먼저 그 말투부터 바꾸셔야합니다."

"차차 나아지겠지요."

한숨을 쉰 허준은 그 전에 먼저 할 일을 알려주었다.

"분조에 대신을 포함한 관원이 여럿 남아있으니 그들에

게 명을 내려야합니다. 대기할 건지, 아니면 이동할 건지에 대해 말입니다."

잠시 고민하던 이혼은 허준의 입을 통해서 관원들에게 통보했다.

"세자저하께서는 고뿔에 걸리시어 2, 3일 휴식을 더 취해야하니 분조의 대신들은 산성의 대비를 충분히 하며 적정을 탐문해보시오."

관원에게 명을 내린 이혼은 허준에게 그 동안의 전황에 대해 들었다.

허준은 왜군이 부산에 쳐들어온 일, 그리고 이일(李鎰)과 신립(申砬)이 연달아 패한 일, 또, 왕실이 도성을 떠나고 얼마 지나지 않아 분노한 백성들에 의해 도성이 불탄 일 등을 설명해주었다.

잇달아 들려온 패전 소식은 참담하기 짝이 없었다.

왜군은 상륙한지 20일 만에 한양에 있는 도성을 점령했다.

그리고 지금은 개성, 평양마저 내주어 팔도가 유린당하는 시기였다.

설명하는 동안에 진이 빠졌는지 허준이 긴 한숨을 쉬었다.

"수군이 분전해주지 않았으면 전라도마저 빼앗겼을 겁니다."

이혼은 눈을 빛내며 물었다.

"전라좌수사(全羅左水使) 이순신(李舜臣)장군말입니까?"

"예, 저하. 이순신장군이 지휘하는 전라좌수영의 수군이 개전 이후에 처음으로 승전한 옥포해전(玉浦海戰)을 비롯해 합포(合浦)와 적진포(赤珍浦)에서 연달아 승리해 적선 40여 척을 불태웠지요."

이혼은 머릿속에 한반도 지도를 떠올리며 다시 물었다.

"적의 위치는 현재 어떻습니까?"

"선봉은 3군으로 이루어져 있습니다. 먼저 고니시 유키나카의 1번대는 평양성에 있고 가토 기요마사의 2번대는 함경도로 향하는 중입니다. 그리고 구로다 나가마사의 3번대는 황해도에 있습니다."

"나머지 병력은 삼남에서 올라오는 중입니까?"

"예, 선봉까지 합치면 근 20만에 이를 거 같다는 말을 들었습니다."

"20만이라……."

그가 상념에 빠져있을 동안.

밖으로 나간 허준은 약냄새가 진통하는 그릇을 가져왔다.

"감기기운이 있으시면 이걸 마셔보십시오."

이혼은 미간을 살짝 찌푸렸다.

어렸을 때부터 한약은 써서 잘 먹지 않았다.

"감기에 좋을뿐더러, 심신의 안정도 도와주는 약입니다."

이혼은 입에 맞지 않은 한약을 억지로 삼켰다.

그 모습을 본 허준은 자책하는 표정으로 입을 열었다.

"송구합니다. 급히 오느라, 입가심할 과자도 챙기지를 못했습니다."

"그런 말 하지 마십시오. 이미 많은 도움을 받았습니다."

"그럼 우선 잃어버린 기억을 회복하시는 게 우선입니다."

"단 시간 내에 회복하기는 어려우니 어의가 나를 좀 도와주십시오."

허준도 그 방법 밖에 없다는 결론을 내렸다.

잃어버린 기억을 회복할 수 없으면 기억을 만드는 게 최선이었다.

허준은 밤을 새워가며 이혼을 가르쳤다.

다행히 이혼의 지능은 누구보다 뛰어나 습득능력이 좋았다.

다음 날 아침, 이혼은 동궁에 배속된 궁녀와 내관들을 만났다.

그리고 그 뒤에 분조에 남은 대신들을 차례로 접견했다.

영의정 최흥원(崔興源), 약방 부제조 정탁(鄭琢), 부제학 심충겸(沈忠謙), 호조참판 윤자신(尹自新) 등이 들어와 그에게 절을 올렸다.

의정부의 주요 대신, 그리고 육조판서는 당연히 선조를 따라갔다.

한데 영의정 최흥원은 남아 세자의 옆을 지켰다.

만조백관의 우두머리인 그가 선조를 따라가지 않은 건 의외였다.

말로는 노쇠해 선조를 따라갈 힘이 없어 세자 곁에 남았다고 하지만 실상은 명나라에 망명하려는 선조를 못마땅하게 여긴 탓이었다.

이혼은 허준에게 배운 말로 환갑을 넘긴 최흥원에게 물었다.

"왜군의 소식은 들었소?"

"고니시 유키나카는 평양성에 머무른다는 말을 들었습니다."

"구로다 나가마사는 어찌하는 중이오?"

"황해도의 여러 고을을 약탈하며 군량을 모은다는 말을 들었습니다."

최흥원의 대답에 이혼은 한숨을 쉬었다.

"백성들의 고초가 크겠군."

"백성을 생각하는 그 마음, 영원토록 변치 않으시기를 바라옵니다."

"강원도에서 함경도로 간 가토 기요마사의 소식도 들었소?"

"왜군이 동북면 도처에 깔려 있어 아직 정확한 소식을 받지 못했으나 함경도 역시 상황이 좋지 않는 건 분명한 사실인 모양입니다."

"그럼 한강 이남의 소식은?"

"남으로 가는 길이 모두 막혀 당분간은 소식을 듣기 어렵습니다."

왜군의 위치를 기억한 이혼은 다시 물었다.

"그럼 우리의 방어 상태는 어떻소?"

"함경도와 강원도, 황해도, 그리고 이곳 평안도에서 근왕병(勤王兵)과 군량, 무기 등을 모으는 중이온데 아직 부족한 실정입니다."

"어떻게 해야 하오?"

"체찰사(體察使)를 왜적이 점령한 지역에 보내 흩어진 군졸들을 수습토록 한 뒤 그 자리에서 유격전을 수행하도록 해야 합니다. 그리고 분연히 일어난 의병들의 대장에게는 초토사(招討使)벼슬을 내려 정규군으로 편입하는 방도를 생각해보셔야할 것입니다."

이혼은 고개를 끄떡이며 물었다.

"그건 그리하시오. 그럼 군량과 무기는 어찌 충당해야 하오?"

"관아의 창고에 있는 군량과 무기를 1차로 징발하고 2차로는 민간에서 군량과 무기를 징발하도록 해야 합니다. 백성들이 반발할 때는 차용증을 줘서라도 군량과 무기를 확보하는 게 우선입니다."

아직 적응 중이던 이혼은 최흥원의 의견대로 일을 처리했다.

사실, 방금 최흥원과의 대화 중 반은 알아듣지 못했다.

밤을 새워가며 배웠고 또 머리가 아무리 좋아도 하루로는 무리였다.

그 날 저녁.

이혼은 방에 앉아 골몰히 생각했다.

'역사대로라면 왜군은 평양 위로 올라오지 못한다. 지금쯤 이순신장군의 수군이 전라도를 경유하려는 왜의 수군을 막고 있고 삼남에서 의병이 일어나 보급로가 불안정하기에 고니시 유키나카는 평양성에서 보급이 오기를 기다리며 당분간 두문불출할 것이다.'

전쟁은 보급이 무엇보다 중요했다.

싸우고 싶어도 보급이 없으면 굶어 죽는 것이다.

고니시 유키나카는 의주로 도망치는 선조를 보고도 잡지 않았다.

아니, 잡을 수 없었다.

이미 보급선이 길어질 대로 길어져 있는 상황이었다.

여기서 더 올라갔다가는 보급선이 끊어져 다 굶어죽을 판이었다.

사실, 이는 도요토미 히데요시의 무지에서 기인한 일이었다.

100년 동안 내전을 겪은 왜국에서는 왕, 즉 영주가 잡히면 끝이었다.

당시 왜국은 영주가 농지를 소유하는 봉건제도가 남아 있어 영지의 백성들은 영주가 누가 되든 관심 없었다. 그저 새로 온 영주가 전에 있던 영주보다 세금을 덜 거두어 가기를 바랄 뿐이었다.

그러다보니 자연히 백성들은 별 저항 없이 새로 온 영주를 섬긴다.

도요토미 히데요시는 조선 역시 이와 같을 거라 생각했다.

다시 말해 임금인 선조를 잡거나, 영지를 점령하면 영지에 살던 백성들이 왜군에게 복종해 군량과 무기를 갖다 바칠 거라 보았다.

그러면 보급선이 아무리 길어도 보급에 문제가 없었다.

한데 조선은 왜국과 달랐다.

각지에서 의병이 일어나더니 왜군에 맞서 유격전을 펼쳤다.

심지어 왕이 도망친 상황에서도 왕을 위해 분연히 떨쳐 일어났다.

왜군 장수들은 비어있는 도성에 도착해 황당함을 감추지 못했다.

그들의 상식에서는 있을 수 없는 일이 일어난 것이다.

고니시 유키나카 등은 선조를 쫓기 위해 임진강을 넘어 평양성을 공격했다. 그리고 마침내 평양성마저 점령하는 성과를 보였다.

그러나 평양성에서는 앞으로 나아가지 못했다.

앞서 말한 대로 보급선이 길어질 것을 우려한 것이다.

고니시 유키나카는 본국에 급히 군량을 보내 달라 청했다.

이에 왜군은 수로를 이용해 고니시에게 군량을 전달하려 하였다.

한데 이순신이 나타나 그 물길을 딱 막아버렸다.

왜군은 수로가 막히자 육로를 이용해 군량을 운송하려 하였다.

그러나 의병들이 육지의 보급선을 끊어버려 그 마저 쉽지 않았다.

고니시는 나아가지도, 다시 돌아가지도 못한 채 발이 묶였다.

'지금이다. 지금이야말로 우리가 반격할 차례다.'

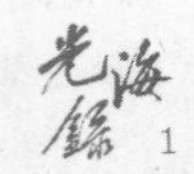

이혼은 다음 날 최흥원을 불러 처음으로 명을 내렸다.

“내가 영변에 있는 걸 백성들에게 소문을 내시오. 그리고 영변의 근왕군에 합류하는 백성에게는 전에 죄를 지었으면 죄를 탕감해주고 천인이면 면천(免賤)해주겠다는 소문을 같이 퍼트려주시오.”

“이는 주상전하께서 하명하신 일입니까?”

“지금은 급하니 먼저 일을 진행한 후에 아뢸 생각이오.”

정탁, 심충겸, 윤자신과 상의하던 최흥원은 고개를 끄덕였다.

“알겠습니다. 한데 그렇게 하면 지급할 군량과 무기가 부족합니다.”

“그 점은 미안하지만 근처 백성에게 도움을 받으시오.”

“그리 하겠습니다.”

며칠 후, 영변 약산산성에 근왕군 천 명이 모였다.

최흥원과 정탁, 윤자신, 심충겸 네 명이 바삐 뛰어다닌 결과였다.

비록 무기는 변변치 않으나 그에게 처음으로 지휘할 군대가 생겼다.

2장. 출병(出兵)

NEO ALTERNATIVE HISTORY FICTION

2장. 출병(出兵)

새로운 세상에서 다른 사람의 인생을 사는 일은 쉽지 않았다.

더구나 지금은 전시였다.

왜군 20만이 삼남과 황해도, 평안도, 함경도를 쑥대밭으로 만들었다.

이런 상황에서 침착하게 대응하기는 쉽지 않았다.

그나마 다행인 점은 날이 갈수록 말이 는다는 거 하나였다.

아무리 몇 백 년 전 사람이라 해도 사용하는 언어의 뿌리는 같았다.

먼저 귀가 열리며 사람들의 말이 조금씩 머리에 들어왔다.

물론, 대화는 아직 어색하여 되도록 입은 열지 않으려하였다.

하지만 최흥원, 정탁이 누구인가.

그들은 조선에서 내로라하는 관원이었다.

처음부터 그들의 눈과 귀를 완벽히 속이는 일은 불가능에 가까웠다.

곧 이혼에 대한 소문이 좋지 않게 퍼져갔다.

정신이 이상해졌다는 등, 말을 잘 못한다는 등의 소문이었다.

허준에게 자신에 대한 소문을 전해들은 이혼은 한숨을 길게 쉬었다.

"감기에 걸려 컨디션, 아니 몸 상태가 좋지 못하다고 해야겠습니다."

"알겠습니다. 제가 그렇게 소문을 내도록 하지요."

허준이 낸 소문이 통했는지는 몰라도 소문은 곧 잦아들었다.

아니, 가까이서 그를 모시는 대신들이 오히려 소문을 차단해버렸다.

지금 세자에게 이상이 생기면 그야말로 최악의 상황이었다.

어떻게든 세자를 중심으로 힘을 한데 모아 국난을 해쳐가야 했다.

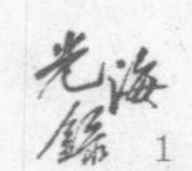

이혼은 성문에 올라가 약산산성에 모인 근왕군 천 명을 둘러보았다.

4백 명은 평안도의 여러 절에서 보내준 승려였다.

그리고 3백 명은 유생이었으며 나머지 3백 명은 근처 농부들이었다.

유생과 승려는 갑옷과 무기가 괜찮은 편이었다.

그러나 농부들의 차림새는 눈을 뜨고 보기 힘들 지경이었다.

그들 중에 위, 아래의 옷을 제대로 갖춰 입은 자가 거의 드물었다.

그리고 무기라고 해봐야 거의 다 낫이나, 곡괭이였다.

무엇보다 노인과 소년병의 비중이 너무 높았다.

이런 상태에서 산성을 나갔다가는 채 열흘을 버티지 못할 것이다.

'안 된다. 이대로는 사이좋게 개죽음 당할 뿐이야.'

이혼은 고개를 저었다.

한참을 생각한 이혼이 최흥원에게 물었다.

"화약은 얼마나 있소?"

"산성에 있는 화포에 사용하기 위해 조금 저장해둔 걸로 압니다."

"그 화약을 가져와주시오."

"이유를 여쭈어도 되겠습니까?"

"나중에 알려주겠소. 그리고 대나무도 필요한데……."

뒤에 있던 정탁이 다가왔다.

"죽창으로 만들어둔 대나무가 몇 개 있습니다."

이혼은 기뻐하며 말을 이어갔다.

"그럼 죽창을 가져와주시오. 그리고 수은과 증류주도 필요한데……."

신하들이 재료를 알아듣지 못해 몇 번 더 설명을 해야 했다.

"증류주는 독한 소주(燒酒)를 말하는 것이오."

"난리 통이어서 구해질지는 모르겠으나 한 번 해보겠습니다."

물러나온 최흥원은 정탁과 윤자신, 심충겸에게 임무를 나누어주었다.

"정부제조는 대나무를, 심부제학은 수은을, 윤참판은 술을 구해오도록 하시오. 나는 화약을 모아오겠소. 난리 중이어서 얼마나 구할지는 모르겠지만 다들 힘을 내 저하의 뜻을 받들도록 합시다."

호조참판 윤자신이 볼멘 목소리로 입을 열었다.

"저는 저하께서 무슨 생각을 하시는지 모르겠습니다."

약방 부제조 정탁이 윤자신을 타일렀다.

"저하께서 이런 난리 통에 쓸데없는 일을 지시하시는 않았을 게요."

부제학 심충겸은 고충을 토로했다.

"수은을 어디 가서 구해야할지 이거야 원 막막해서……."

그에 대해서는 최흥원이 정확한 답을 주었다.

"수은은 도금에 많이 사용하니 근처 절을 돌며 수소문을 해보시게."

"알겠습니다."

대신들은 흩어져서 이혼의 명을 수행했다.

가장 먼저 최흥원이 산성에 있는 화약을 모아 가져왔다.

이혼은 최흥원이 가져온 화약을 보며 실망한 표정을 감추지 못했다.

'흑색화약 중에서도 질이 나쁜 편이구나.'

조선시대의 화약은 재래식 방법을 이용해 생산했다.

노동력과 시간, 비용은 많이 드는 반면, 결과물은 썩 좋지 않았다.

'지금은 방법이 없다. 질소고정법을 사용할 수는 없으니.'

질소고정법은 자연에서 얻던 화약을 공정으로 해결하는 방법이었다.

최흥원 다음은 정탁이었다.

그는 창고를 뒤져 죽창으로 만들어두었던 대나무를 가져왔다.

"송구하오나 대나무는 남쪽에서 주로 자라 이게 다인 거 같습니다."

"수고했소."

다음 날, 윤자신이 술도가를 뒤져 도수가 높은 증류주를 가져왔다.

"술 빚는 사람들도 다 도망가는 바람에 얼마 구하지 못했습니다."

"이거면 충분하오."

네 명 중 가장 늦게 당도한 사람은 수은을 찾으러간 심충겸이었다.

심충겸은 절을 돌아다니며 불상에 도금하는 대장장이들을 찾았다.

그리고 다시 그 대장장이를 수소문해 수은을 얼마 얻어 왔다.

재료를 갖춘 이혼은 깨끗한 방을 하나 골랐다.

"어의가 나를 도와줘야겠소."

"알겠습니다."

이혼은 허준의 도움을 받아 연구를 시작했다.

먼저 수은과 화약을 소량 섞었다.

그런 후 다시 증류주를 혼합해 굳혔다.

다음 날, 수은과 화약, 그리고 증류주가 섞여 암갈색덩어리로 변했다.

"물러나시오."

허준을 피하게 한 이혼은 심지와 암갈색덩어리를 연결했다.

"폭발이 일어나더라도 놀라지 마시오."

허준에게 경고한 이혼은 심지에 불을 붙였다.

치이익!

잠시 후, 심지가 타들어가며 암갈색덩어리에 불이 붙었다.

펑!

폭음과 함께 새빨간 불꽃이 확 올라오더니 매캐한 연기가 진동했다.

처소를 수비하던 병사들이 급히 뛰어 들어왔다.

놀란 얼굴이었는데 안에서 무슨 일이 생긴 지 안 모양이었다.

이혼은 손부채로 연기를 밀어내며 뛰어 들어온 병사들을 내보냈다.

"간단한 실험을 한 거였으니 너희들은 나가 있어라."

"예, 저하."

병사들이 나간 후.

이혼은 배합을 바꿔가며 몇 번 더 시험했다.

수은을 늘리거나, 아니면 화약을 늘려가며 최적의 상태를 찾았다.

며칠 후 아침, 밤을 새운 이혼은 옆을 살짝 돌아보았다.

허준이 지쳤는지 토끼처럼 빨간 눈으로 그를 바라보았다.

"이제 거의 다 되었소."

"대단한 체력이십니다."

"그럼 안전한 곳으로 물러나시오."

이혼은 새로 배합한 혼합물에 불을 붙였다.

퍼엉!

이번에는 멀리 떨어진 허준마저 그 위력을 생생히 체감했다.

새끼손가락의 손톱보다 작은 덩어리에서 강한 열과 화염이 솟았다.

이혼도 마음에 들었는지 허준을 불렀다.

"대나무를 잘라주시오."

이에 허준은 시키는 대로 죽창의 대나무를 잘라 건넸다.

이혼은 자른 대나무를 받아서 먼저 화약을 넣었다.

그리고 입구에는 방금 배합한 암갈색 덩어리를 넣고 심지를 꽂았다.

"나가서 실험해봅시다."

임시 실험실을 나온 이혼은 강렬한 햇살에 눈을 찌푸렸다.

실험실에서 두문불출하는 동안, 비은 어느새 그쳐있었다.

그리고 본격적인 여름을 알리는 뜨거운 태양이 그를 내리쬐었다.

정신없이 실험하는 사이, 이미 그들은 여름 한가운데 있었다.

후끈후끈 올라오는 지열을 느끼며 이혼은 성벽 위로 올라가 물었다.

"군관 중에서 누가 힘이 가장 센가?"

이혼의 질문에 모든 병사의 시선이 한 사람을 향했다.

키가 1미터80가까이 되어 보이는 그는 다른 병사보다 머리 하나가 더 있었다. 또, 어깨가 떡 벌어졌으며 목은 나무처럼 두꺼웠다.

"자네가 가장 힘이 센가 보군. 이름이 뭔가?"

"의주토병 최자급(崔自岌)이라 합니다."

최자급은 평양성을 수비할 때 대동강 너머에 있는 왜적을 활로 쏘아 맞힌 적이 있을 만큼 힘이 세어 산성 병사들의 신망을 얻었다.

"이걸 성 밖으로 최대한 멀리 던져보게."

이혼은 최자급에게 대나무통을 주더니 심지에 불을 붙였다.

치익하는 소리를 내며 타들어가는 심지에 놀랐는지 얼

른 자세를 잡은 최자급이 성문과 이어져 있는 비탈길을 향해 힘껏 던졌다.

과연 팔 힘이 엄청나 대나무통은 한참을 날아간 후에야 떨어졌다.

턱!

비탈길을 굴러 내려가던 대나무통이 이내 펑하며 폭발을 했는데 폭발할 때 대나무조각이 마치 파편처럼 사방으로 날아가 박혔다.

'위력이 생각보다 약하군. 흑색화약의 질이 좋지 않은 게 문제인가?'

이혼은 허준에게 물었다.

"산성에 화포장(火炮匠)이 있으면 나에게 데려와주시오."

잠시 후, 허준은 4십대로 보이는 중년사내를 데려왔다.

"화포장 고상(高祥)이란 자입니다. 어서 인사 올리게. 세자저하시네."

허준의 재촉에 고상은 부랴부랴 절을 올렸다.

"소인 고상이라하옵니다."

"산성에 질려탄(蒺藜彈)이 있는가?"

"있습니다."

질려탄은 빈 무쇠포탄 안에 질려를 채워 넣은 포탄이었다.

질려는 쇳조각을 밤송이처럼 뾰족하게 만든 무기였다.

보통은 적의 접근을 차단하는데 이용하는데 질려탄처럼 포탄에 질려를 넣은 후 인마살상용으로 사용하는 전술이 조선에 있었다.

"질려탄에 넣은 질려를 쪼개 이 대나무 통에 넣어주게."

고상은 그리 어려운 일이 아닌지 바로 작업을 개시했다.

질려탄의 질려를 꺼내 잘게 쪼개더니 그걸 대나무 안에 집어넣었다.

작업을 마친 이혼은 다시 최자급을 불렀다.

그리고 이번에는 비탈길 한 점에 사람모양의 허수아비를 설치했다.

"저 허수아비에 이걸 던질 수 있겠는가?"

"한 번 해보겠습니다."

최자급은 다시 불이 붙은 대나무통을 허수아비에 던졌다.

퍼엉!

대나무통이 폭발하며 질려조각이 사방으로 비산했다.

파파팟!

흑색화약이 내는 연기가 가라앉을 즈음.

이혼은 직접 비탈길로 내려가 상태를 살펴보았다.

나무에 짚을 얹어 만든 허수아비에 질려조각과 대나무 파편이 박혀 있었는데 근방 2, 3미터 안에서는 기대했던 살상효과가 나왔다.

'이 정도면 충분한 거 같군.'

이혼은 화포장 고상을 불러 그에게 뇌홍(雷汞)제작법을 알려주었다.

뇌홍은 뇌관을 만드는 재료로 약한 충격에도 쉽게 폭발하는 성질이 있어 대나무통에 든 화약, 즉 작약을 폭발시킬 수가 있었다.

원래 뇌홍은 질산과 수은, 그리고 정제한 에틸알코올로 만드는데 질산은 화약에서, 에틸알코올은 증류주에서 각각 얻어 만들었다.

시간과 장비가 충분하다면 더 강한 뇌홍을 만들 수 있었지만 지금은 시간과 장비 모두 부족해 지금 만든 뇌홍으로 만족해야했다.

뇌홍이 굳으면 화포장을 불러 대나무폭탄을 만들었다.

대나무폭탄은 부르기 쉽게 죽폭(竹爆)으로 이름을 지었다.

고상과 대장장이들이 죽폭을 생산하는 동안.

이혼은 최흥원 등을 불러 생각해둔 작전을 설명했다.

"영변의 남쪽에 있는 평양성에는 고니시 유키나카가 있고 우리의 동쪽에 해당하는 함경도에는 가토 기요마사가 진주해있소. 그러나 고니시 유키나카는 보급문제로 인해 당분간 움직이지 못할 테니 지금이야말로 기회라 생각하오. 우선 가토 기요마사를 쳐서 왜군에게 점령당한 지역을

수복하며 전선을 남쪽으로 밀어야하오."

영의정 최흥원은 계획에 의문을 표했다.

"고니시가 평양에서 영변으로 오지 않으리라 확신하십니까?"

"확신하오."

"어찌 확신하십니까?"

"평양성의 왜군은 군량을 충당하는 방법이 총 네 가지가 있소. 먼저 본국에서 가져온 군량을 육로, 또는 수로로 운송하는 방법이 그 중 두 가지요. 한데 육로가 삼남에 있는 의병들에 의해 습격을 받는 중이니 고생이 이만 저만 아닐 것이오. 그리고 수로는 전라좌수사 이순신에게 막혀 있어 이 또한 사용하기 어렵소."

"그럼 나머지 두 가지는 무엇입니까?"

"그 중 하나는 전라도를 점령해 곡창지대를 손에 넣는 것이오. 그러나 이 역시 아직 성과가 없어 마지막 수를 쓰는 수밖에 없소."

"마지막 수라면?"

"평양성 인근 고을을 약탈해 직접 충당하는 방법이오."

약방 부제조 정탁은 고개를 끄덕였다.

"평양성은 물론이거니와 근처에 있는 백성들도 피난간 지 오래니 쉽지 않을 겁니다. 신의 생각도 저하의 생각처럼 평양에 있는 고니시부대는 움직이지 못할 거 같습니다.

이때, 반격해야 합니다.”

호조참판 윤자신이 반대의견을 내었다.

“주상전하의 명은 종묘사직을 보전하는데 있지 전투에 뛰어드는데 있지 않습니다. 우선은 흩어진 군을 수습하거나, 백성을 위무, 공을 세운 의병을 격려하여 왜적을 몰아내는 일이 시급합니다.”

부제학 심충겸 역시 윤자신의 의견에 동조했다,

“전하의 계획대로 함경도의 가토 기요마사를 친다면 평양성에 있는 고니시 유키나카가 이를 방관하지는 않을 겁니다. 분명 왜군을 급히 파견해 우리군의 뒤를 기습하려 할 게 틀림이 없습니다.”

이혼은 고개를 저었다.

“그 문제는 걱정하지 마시오. 고니시 유키나카는 평양성에서 절대 움직이지 않소. 더군다나 가토 기요마사 일이라면 더욱 그렇소.”

“어찌 그렇습니까?”

“두 사람이 견원지간(犬猿之間)이기 때문이오.”

“쉽게 믿기 힘든 말이군요.”

심충겸이 고개를 절레절레 저을 때였다.

논쟁을 참여하지 않던 최흥원이 물었다.

“고작 천 명의 병력으로 만이 넘는 가토 기요마사군을 어찌 칩니까? 더구나 적은 정병이고 우리는 오합지졸과 다름없지 않습니까?"

"우리가 어떻게든 기세를 올리면 함경도의 근왕병이 모일 것이오."

"함경도의 근왕병이 있다한들 그게 큰 도움이 되겠습니까?"

"함경도의 근왕병은 토병(土兵)이 주를 이루니 역전이 가능할 것이오."

이혼의 대답에 최흥원이 다시 입을 열었다.

"그 기세를 올리는 방법이 문제입니다."

"그 점은 죽폭이 해결해 줄 것이오."

"죽폭이라면 저하께서 며칠 동안 만드신 그 물건 말입니까?"

"맞소. 시의 적절하게 사용한다면 조총에 비할 바가 아닐 것이오."

"대체 그런 물건은 언제 연구하신 겁니까?"

"중국에서 들어온 병서를 연구하여 알아냈소."

이혼은 내친 김에 모인 천여 명을 이용하여 근위연대를 창설했다.

근왕군에서 정규군으로 승격한 셈이었다.

어느새 어의에서 일종의 개인비서관으로 바뀐 허준에게 부탁했다.

"어의가 장수로 쓸 네 명을 선발해주시오."

"예, 저하."

그러나 근위연대의 병사들도 전투를 모르긴 매한가지였다.

허준은 평양에서부터 왕실과 함께 움직인 병력 중에 찾아보았다.

오래지 않아 자의 반, 타의 반으로 네 명이 뽑혀왔다.

한 명은 죽폭실험을 도운 의주토병 최자급이었다.

그리고 나머지 세 명은 각각 우림위(羽林衛) 민여호(閔汝虎), 전 선전관(宣傳官) 이책(李策), 이산(理山) 토병 김언광(金彦光)이었다.

"민여호라 하옵니다."

민여호는 그가 우림위 소속이라는 소개를 허준에게 듣지 않았으면 잘생긴 유생으로 보았을 만큼, 훤칠하게 잘생긴 청년이었다.

'하긴 우림위는 왕을 지근거리에서 호위하니 용모가 중요했을 것이다.'

민여호 다음은 전 선전관 이책이 절을 올렸다.

부모의 상을 치르느라 선전관 직을 사직했다가 난리가 일어났다는 소식을 들은 이책은 급히 평양성에 들어와 합류한 사람이었다.

선전관은 무관을 임명하는 일종의 승지였다.

다만, 승정원(承政院)의 승지(承旨)는 문관의 일을 보는

반면, 선전관은 무관의 일을 보는 승지여서 시위(侍衛) 등의 임무를 맡았다.

선전관은 우림위, 겸사복(兼司僕) 등에서 차출하기에 이책 역시 키가 크고 단단한 체구를 가지고 있어 훌륭한 장수감으로 보였다.

마지막은 이산 토병 김언광이었다.

김언광은 키가 작은 대신, 몸이 차돌처럼 단단했다.

그리고 눈빛이 아주 강렬해 그을린 얼굴에 눈이 횃불처럼 반짝였다.

이혼은 근위연대를 2백 명씩 총 네 개 대대로 나누었다.

그런 연후에 이들 네 사람으로 하여금 대대의 대대장을 맡게 하였다.

최자급이 1대대, 민여호가 2대대, 이책이 3대대, 김언광이 5대대였다.

여기에 화포장 고상을 군수참모로, 허준을 군의관으로 임명해 연대 편제를 마친 후 3, 4일 동안 거의 쉴 틈 없이 훈련에 돌입했다.

승려와 유생은 몰라도 농부들은 군사훈련이 필요했다.

물론, 시간이 부족해 필수적인 사항만 우선 배우도록 했다.

이혼 역시 이런 일에는 무지해 훈련장면을 훔쳐보며 몰래 배웠다.

정탁이 어느 날 이혼을 찾아와 권했다.

"군을 이끌고 출병하실 요량이라면 경험 많은 군관이 필요할 겁니다."

"천거할 사람이 있소?"

"선전관 이호의(李好誼)의 병법과 무예가 뛰어나니 그를 쓰십시오."

"알겠소. 그를 불러다주시오."

정탁은 이내 이호의와 돌아왔다.

함경도에 복무한 이호의는 여진족과 전투를 치러본 경험이 많았다.

과연 정탁의 말대로 이호의는 아주 훌륭한 장수처럼 보였다.

몸이 탄탄하고 눈빛은 강렬했으며 행동에서는 절도가 풍겼다.

이혼은 그 자리에서 이호의를 연대 작전참모(作戰參謀)로 정했다.

며칠 후, 이혼은 허준이 가져온 말에 올라 약산산성을 떠났다.

그의 인생에 있어 첫 번째 출병이었다.

전에는 병사를 지휘하여 성문을 나설 거라곤 상상조차 하지 못했다.

영화에서처럼 멋지게 연설하고 싶어도 그럴 수가 없었다.

허준에게 배운 말이 아직 어색한데다 모르는 단어가 많았다.

어설프게 연설했다가는 오히려 사기가 떨어질 것이다.

약산산성에 수비군을 얼마 남긴 근위연대는 북동쪽으로 나아갔다.

보병 천 명에 기병 2, 30명, 그리고 수레 30여 대가 전부였다.

'이왕 내친걸음인데 한 번 해보자.'

부대 말미에 영의정 최흥원과 약방 부제조 정탁, 홍문관 부제학 심충겸, 호조참판 윤자신 등이 종자를 거느린 채 천천히 따라왔다.

영변과 그 주변은 아직 왜군의 손길이 닿아있지 않았다.

그날 밤, 이혼은 야숙하기에 앞서 대대장 네 명을 불러 경계병을 세우도록 한 연후에 나머지 시간에는 훈련을 계속 하도록 했다.

휴식을 취하는 이혼에게 최흥원과 정탁이 찾아왔다.

"함경도로 가는 길은 어찌 잡을 요량이신지?"

이혼은 그제야 아차 싶었다.

동쪽으로 가면 되는 거라 막연히 생각했지 길에 대해서는 몰랐다.

이혼은 솔직하게 물었다.

"동쪽으로 가려면 어떻게 해야 하오?"

이혼의 되물음에 최흥원이 토박이출신 길잡이를 데려왔다.

"그럴 줄 알고 길잡이를 데려왔으니 그에게 하문하십시오."

심충겸과 윤자신은 여전히 그의 의도를 이해 못하는 모양이었다.

반면, 최흥원과 정탁은 이혼을 어떻게든 도와주려하였다.

지금도 미리 근처 마을에 종자들을 보내 길잡이를 데려온 것이다.

이혼은 길잡이에게 물었다.

"함경도 회령(會寧)으로 가려면 어떻게 해야 하는가?"

길잡이는 이내 손짓발짓을 섞어 설명을 했는데 알아듣지 못했다.

도성의 말조차 알아듣기 어려운데 사투리는 더 어려웠다.

옆에 있는 허준이 최흥원의 눈치를 살피며 작게 속삭였다.

"희천(熙川)과 강계(江界)를 지나 혜산(惠山)으로 가야하는 줄 압니다."

허준의 설명을 들은 이혼은 다시 물었다.

"왜적의 소식은 들었는가?"

"왜적이 함흥(咸興)을 칠거라는 풍문이 파다합니다요."

"그럼 자네들이 회령으로 가는 길안내를 해주게."

다음 날 새벽.

새벽안개가 채 걷히기 전에 근위연대는 서둘러 아침을 지어먹었다.

보급은 형편없었다.

잡곡으로 지은 밥을 찬물에 말아 대충 넘기는 식이었다.

반찬 역시 부족해 된장 몇 숟가락이 전부였다.

아침을 먹었으니 이제 행군에 나설 차례였다.

군무에 어두운 이혼을 대신해 작전참모 이호의가 진형을 구성했다.

그들 중 그나마 이호의가 군대를 지휘한 경험이 있었다.

"오전에는 1대대가 선봉에 서고 2대대와 3대대는 좌우군(左右軍)을, 그리고 5대대는 중군(中軍)을 구성해 행군하는 게 좋겠습니다."

"대신들과 보급대대는 어찌 움직여야 하는가?"

"보급대대는 후군(後軍)에서 움직이고 저하와 대신들은 중군과 움직이시면 될 겁니다. 그리고 1대대에서 정찰병을 차출해야합니다. 적이 희천까지는 오지 않았겠지만 조심해서 나쁠 게 없지요."

"그렇게 하게."

이혼의 허락을 받은 이호의는 일사불란하게 대대를 조정해 진형을 갖췄다. 그리고 1대대에서 정찰병을 뽑아 길 앞으로 보냈다.

허준이 가져온 말에 이혼이 올랐을 무렵.

이호의가 달려와 절도 있게 군례를 취했다.

"저하, 출발명령을 내려주십시오."

아랫배에 힘을 잔뜩 준 이혼은 낼 수 있는 가장 큰 목소리로 외쳤다.

"출발!"

이혼의 명에 선봉부터 후군까지 천천히 행군을 시작했다.

이호의가 작전참모로서 실질적으로 부대를 지휘하는 건 맞지만 결국 명령을 내리는 사람은 근위연대의 수장인 이혼 그 자신이었다.

영변에서 희천으로 가는 동안, 이혼의 마음은 편치 않았다.

조선 백성들의 초라한 생활상이 그의 마음에 깊은 상처를 입혔다.

민가라고 해봐야 다 허물어져가는 초가집이 거의 다였다.

그리고 그나마 초가를 얹은 집은 그 중 잘사는 사람의 집이었다.

그 중에 가장 마음이 아픈 건 조정에 대한 불신이었다.

정찰병이 지나가며 세자의 당도를 알렸지만 나와 보는 이가 없었다.

아이들의 울음소리가 들리는 걸 봐선 피난가지 않은 모양인데 나와 보는 이가 없었다. 그리고 관아 역시 텅 비어 있었다. 아마도 왜적이 쳐들어온다는 소문에 가장 먼저 관원이 도망친 듯했다.

'이런 상황에서 관원만을 탓할 수는 없겠지. 그들도 살고 싶을 테니. 하긴 임금이 가장 먼저 도망치는 상황인데 누굴 탓하겠는가.'

선조는 명나라에 사신을 10여 차례 파견해 망명을 요청 중이었다.

한데 명나라가 받아들여주지 않아 의주에 발이 묶여 있었다.

명나라 조정은 지금 선조의 저의를 의심하는 중이었다.

불과 한 달이 지나기 전에 도성을 버리고, 다시 두 달이 채 넘기도 전에 의주에 도망와 망명을 청하는 선조가 의심스러운 것이다.

명나라는 선조가 포섭을 당해 왜적의 길잡이를 하는 줄로 알았다.

그렇지 않다면 이렇게 빨리 도망쳐올 리 없다고 생각했다.

그래서 망명을 받아들이지 않는 대신, 관원들을 계속 의주와 평양 등지에 보내 조선의 상황과 왜군의 숫자를 살펴보는 중이었다.

이혼은 익숙하지 않은 말에서 떨어지지 않으려 조심하며 생각했다.

'선조가 그나마 잘한 건 아이러니하게도 빨리 도망친 일이다. 만약 미적거리다가 왜군에게 잡혔으면 그때는 정말 끝장이 났을 거야.'

이혼의 시선이 말고삐를 잡은 익위사(翊衛司)의 관원에게 향했다.

익위사는 세자를 호위하는 관청이었다.

"이름이 뭐라 했지?"

익위사가 머리를 숙이며 대답했다.

"기영도(奇領導)라 하옵니다."

기영도는 기대승(奇大升)을 배출한 행주(幸州) 기씨(奇氏) 후손으로 일신의 무예가 뛰어나 오랜 만에 생긴 익위사에 배정받았다.

선조가 세자를 정하지 않아 동궁이 전에는 오랫동안 비어있었다.

이혼의 근위연대가 희천에 이르렀을 무렵.

작전참모 이호의가 이혼을 방문했다.

"저하, 이동하는 동안, 훈련을 같이 하는 게 어떻겠습니까?"

"그래야하는 이유가 있소?"

"지금 상태로는 실전에서 승리를 장담하기 어렵습니다."

"그럼 그렇게 하시오."

"황송합니다."

전권을 받은 이호의는 군기를 휘둘러 훈련을 시작했다.

"선봉 오른쪽 우회!"

이호의의 명에 선봉이 오른쪽으로 천천히 우회했다.

"서둘러라! 미적거리는 자는 곤장을 칠 것이다!"

재촉을 받은 선봉은 속도를 높여 오른쪽으로 우회했다.

"좌군 앞으로!"

좌군을 의미하는 군기를 앞으로 뻗는 순간.

좌군이 앞으로 올라와 선봉을 대신했다.

"좌군 왼쪽으로 우회!"

이어진 명에 좌군은 우회해 중군 옆으로 돌아가고 그 자리에 우군이 대신 올라왔다. 그리고 우군이 다시 우회한 후에는 중군이 앞으로 올라와 선봉을 맡았다. 그런 식으로 진형이 계속 변화했다.

종심 돌파는 어린진(魚鱗陣), 포위는 학익진(鶴翼陣)으로 연습했다.

실전을 방불케 하는 훈련을 하며 근위연대는 점점 자리를 잡아갔다.

다행히 아직 왜적의 손길이 닿지 않은 평안도 중부의 백성들은 근위연대에 군량을 나누어주거나, 직접 찾아와 의병을 자처했다.

희천에서 강계를 지나 혜산으로 향하는 길은 험난한 여정이었다.

그나마 여름이어서 춥지 않은 게 다행이었다.

험준한 계곡을 건너고 깎아지른 절벽을 조마조마한 심정으로 지났다.

얼마 후, 근위연대는 마침내 왜적의 활동영역에 들어왔다.

이혼은 관아에 대신을 보내 왜군의 동향을 먼저 파악했다.

이런 일을 세자가 직접 하기에는 너무 위험했다.

그리고 이름 없는 무관과 병사를 보내기에는 마음이 놓이지 않았다.

그래도 팔도에 이름이 알려진 대신이 정보 얻기가 수월했다.

근위연대가 도착한 혜산은 어차피 함경도의 가장 북쪽에 위치해 있어 더 이상 도망칠 데가 없었다. 한데 많은 관원이 왜군이 온다는 소식에 놀라 산과 들로 도망치는 바람

에 곤욕을 치러야했다.

한참만에야 약방 부제조 정탁이 소문을 모아 가져왔다.

소문의 내용은 가히 충격적이었다.

2번대를 이끄는 가토 기요마사는 강원도에서 조선군을 연전연파하며 북상해 함흥을 점령했다. 그리고 함흥에서 다시 길주를 공격해 점령하는 바람에 길주에 있는 두 왕자와 대신들이 도주했다.

부산에 상륙한 왜군이 파죽지세(破竹之勢)의 기세로 도성을 향해 올라온다는 보고를 받은 선조는 첫째 왕자 임해군과 다섯째 왕자 순화군을 강원도와 함경도에 보내 근왕병을 모으도록 했다.

그러나 근왕병을 모으는 일은 쉽지 않았다.

만약, 임해군과 순화군이 덕망을 갖췄으면 모르지만 이 두 왕자는 성질이 포악하기 짝이 없어 오히려 왕실에 대한 불만을 더 키웠다.

근왕병을 모집하라 보내놓았더니 백성의 원성만 더 사는 꼴이었다.

2만이 넘는 가토의 대군은 이런 상황을 놓치지 않았다.

더구나 경쟁자인 고니시 유키나카가 평양성에 무혈 입성하는 바람에 마음이 조급해진 가토는 강원도에서 바로 함경도로 쳐들어왔다.

함경도란 명칭은 남쪽의 함흥, 북쪽의 경성 앞 글자를 따서 지은 이름이었다. 한데 그 함흥이 점령당하며 함경도 남부가 넘어갔다.

함흥에 머무르며 근왕병을 모집하던 두 왕자는 길주로 도주했다.

길주는 함경도 중부에 위치한 도시로 전략적으로 중요했다.

그러나 이 길주마저 가토에게 점령당하며 함경도 중부마저 잃었다.

이제 세종 시절 개척한 육진이 최후의 보루였다.

거기다 왜란을 틈탄 여진족이 국경을 침범해 안팎이 어지러웠다.

길주에 있던 두 왕자와 왕자를 호종하던 김귀영(金貴榮), 윤탁연(尹卓然), 한준(韓準), 이개(李塈) 등은 급히 회령으로 도주했다.

육진에 속하는 회령은 함경도 국경에 위치해 있었다.

이 소식을 접한 이혼은 서둘렀다.

두 왕자를 위해서가 아니라, 앞으로의 국면을 위해 서둘러야했다.

임해군은 광해군의 친형이며 순화군은 이복동생이었다.

그러나 그들의 얼굴을 본 적 없으니 정이나, 추억이 있을 리 없었다.

다만, 그 두 명이 잘못되면 고달파지는 건 결국 이혼 그 자신이었다.

"서둘러 회령으로 가야겠소."

이혼의 말에 최흥원이 물었다.

"임해군마마와 순화군마마 때문입니까?"

"그렇소. 그들이 사고를 치기 전에 내가 먼저 당도해야 하오."

근위연대는 혜산을 지나 곧장 회령으로 향했다.

평안도와 함경도를 동서로 가르는 고달픈 행군에 모두 지쳐있었다.

그러나 쉴 여유가 없었다.

이미 함경도는 국경을 제외한 전 국토가 가토의 수중에 떨어졌다.

그들이 지체하면 지체할수록 전황은 더 나빠질 뿐이었다.

물론, 역사에 따르면 가토는 스스로 물러간다.

함경도를 완전히 점령한 가토 기요마사는 고니시 유키나카보다 큰 공을 세우기 위해 두만강을 건너 여진족 부락으로 쳐들어간다.

한데 여진족 노토부락의 기병에 크게 당해 쓴 맛을 본 가토는 다시 돌아왔다가 명군 참전 후 상황이 악화되어 남쪽으로 후퇴했다.

이혼은 가토가 함경도를 완전히 점령하기 전에 도착할 계획이었다.

그러나 인생은 원래 뜻대로 되는 일보다 그 반대가 많았다.

근위연대가 회령 남서쪽에 있는 부령(富寧)에 도착했을 무렵이었다.

선봉을 맡은 3대대의 대대장 이책이 급히 중군을 찾아왔다.

"정찰병이 마을을 습격하는 왜군 별동부대를 발견했습니다."

이혼은 애써 태연한 표정을 지으며 물었다.

"몇 명인가?"

"2, 3백 명으로 보입니다."

이혼은 대신과 대대의 대대장을 모두 모았다.

"근처에 왜군 별동부대가 있다고 하는데 어떻게 처리했으면 하오?"

호조참판 윤자신이 먼저 의견을 내었다.

"별동부대 근처에 왜군의 본대가 있을지 모릅니다. 선불리 공격하다가 왜의 대군과 마주치면 저하의 신상이 위태로워질 겁니다. 호종하는 우리 대신들에게 주어진 소임은 세자저하를 안전하게 모시는 거니 지금은 회령에 도착하는 게 우선이라 사료됩니다."

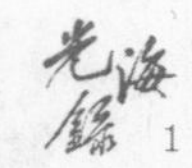

부제학 심충겸도 윤자신과 비슷한 생각이었다.

"회령에 가서 자리를 잡은 후 대책을 논의하는 방법이 좋겠습니다."

약방 부제조 정탁은 반대의견을 내었다.

"회령의 성에 가서 대책을 상의할 때면 이미 일은 끝나 있을 것이오."

영의정 최흥원이 대신을 대표해 물었다.

"저하의 생각은 어떠십니까?"

"백성이 고난을 당하는데 어찌 그냥 볼 수 있겠소."

"그럼 이호의를 불러 출전을 명하시지요."

고개를 끄덕인 이혼은 손바닥에 흐르는 땀을 몰래 바지에 닦았다.

그의 명으로 몇 사람이 죽어갈지 모르는 일이었다.

최흥원의 부름을 받은 작전참모 이호의가 달려왔다.

"명을 내려주십시오."

"먼저 정찰을 통해 적의 위치와 수를 파악하고 공격하도록 하게."

"알겠습니다."

대답한 이호의는 정찰병을 더 뽑아 적진 정찰에 나섰다.

잠시 후, 당한 마을이 범골이며 3, 4백호가 사는 마을임이 밝혀졌다.

그리고 습격한 왜의 병력은 기병과 보병을 합쳐 3백이었다.

저녁 어스름이 땅과 하늘의 경계를 모호하게 할 무렵.

긴장한 기색의 근위연대 병력이 창과 칼을 앞세워 범골로 진격했다.

말에서 내린 이혼은 위험하다며 말리는 허준을 데리고 뒤를 따랐다.

명색이 지휘관인데 뒤에서 수수방관할 수는 없었다.

마을 뒤를 병풍처럼 두른 울창한 숲을 막 지나는 순간.

"꺄아악!"

여인의 날선 비명과 함께 불길에 휩싸인 초가의 모습이 들어왔다.

화광이 충천하는 가운데 불꽃이 반딧불처럼 허공을 부유했다.

그때, 젖먹이를 품에 안은 젊은 여인이 근위연대 쪽으로 도망쳐왔다.

"이리 오시오! 이리 오면 살 수 있소!"

선봉에 있던 3대대 병사가 여인에게 손짓하는 순간.

마을 안에서 말을 탄 채 나타난 왜군 사무라이가 창을 찔러왔다.

푹!

창이 등으로 들어가 여인의 가슴 앞으로 빠져나왔다.

그제야 3대대 병사를 본 듯 허공을 몇 번 움켜쥔 여인이 쓰러졌다.

그리고 그녀의 품에서 굴러 떨어진 젖먹이 아기가 울음을 터트렸다.

그 순간.

좌악!

사무라이가 군마의 기수를 돌리며 화광 속에서 천천히 걸어 나왔다.

검은색과 붉은색이 섞인 가슴갑옷을 착용했고 머리에는 소뿔처럼 생긴 투구를 썼다. 그리고 갑옷 뒤에는 검은색 꽃잎 네 개를 그린 군기가 꽂혀 있었는데 바로 나베시마 나오시게의 군대였다.

가토 기요마사가 지휘하는 2군은 무려 2만2천 명에 이르렀다.

그러나 전부 가토 기요마사가 데려온 병력은 아니었다.

도요토미 히데요시는 영주들에게 병력을 각출하라 명했는데 2번대는 가토 기요마사가 1만 명, 나베시마 나오시게가 1만2천 명, 그리고 사가라 요리후사가 7백 명을 동원하여 총 2만2천이었다.

나베시마 나오시게는 오히려 2군 대장인 가토 기요마사보다 2천 명을 더 동원했을 만큼, 큐슈에서 한가락 하는 영주 중 하나였다.

사무라이는 바닥에 떨어진 아기를 말발굽으로 짓이기려는 듯 말을 그쪽으로 몰았는데 아기의 우렁찬 울음소리가 애간장을 태웠다.

시끄러운지 눈살을 찌푸린 사무라이가 고삐를 당기는 순간.

군마가 다리를 높이 들어 올리며 그대로 아기를 짓밟으려 하였다.

"안 돼!"

소리친 3대대장 이책은 벌떡 일어나 미리 재어둔 화살을 쏘았다.

쉬익!

시위를 떠난 화살이 사무라이의 목에 정확히 박혔다.

힘이 얼마나 센지 새 깃털로 만든 화살촉이 부르르 떨렸다.

그리고 동시에 3대대 병사가 달려가 창으로 말을 찔러 넘어트렸다.

옆구리를 찔린 말은 움찔하더니 이내 옆으로 쓰러졌다.

당연히 그 위에 타고 있던 사무라이 역시 말과 함께 바닥을 굴렀다.

말발굽에 깔리기 전에 아기를 구한 병사들은 분이 풀리지 않는지 이미 시체와 다름없는 사무라이 몸에 미친 듯이 칼을 휘둘렀다.

피와 살점이 꽃잎처럼 사방으로 휘날렸다.

구조한 아기를 후군으로 옮긴 이책은 손을 들어 마을을 가리켰다.

"전진!"

3대대 병사들은 앞으로 천천히 나아갔다.

불길이 번지지 않은 골목을 지나 안으로 들어가는 순간.

"아!"

누군가 경악성을 터트렸다.

그리고 경악은 곧 분노로 바뀌었다.

3장. 첫 출전(出戰)

NEO ALTERNATIVE HISTORY FICTION

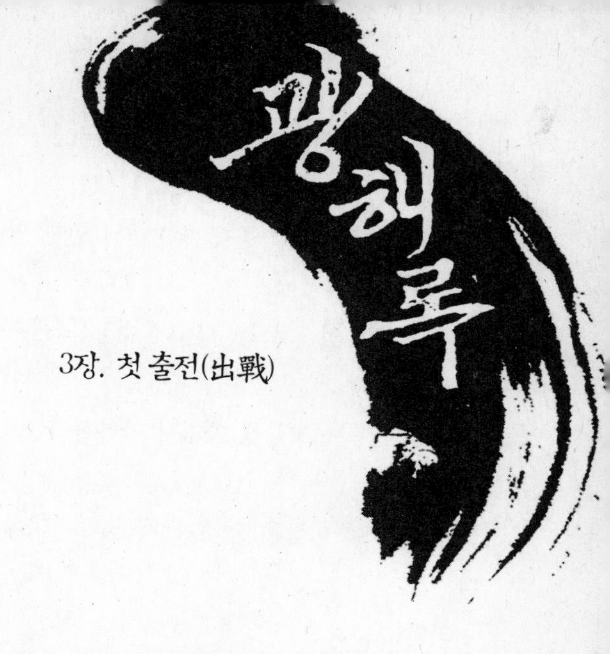

3장. 첫 출전(出戰)

골목마다 백성의 시신이 빨래처럼 널려 있었다.

어른, 여자, 아이 할 거 없이 모두 난도질을 당한 후였다.

몇 명은 장대에 묶어 불에 태웠는지 새카맣게 변해있었다.

그리고 마을 가운데 있는 커다란 느티나무 가지에는 마을 백성 수십 명의 머리가 마치 감나무에 감이 열린 거처럼 매달려있었다.

그때였다.

여인이 나지막하게 흐느끼는 소리를 들은 이책이 명했다.

"1중대가 소리가 나는 곳을 찾아봐라."

"예."

대답한 1중대장이 중대 병사들과 함께 담을 넘어 사라졌다.

담을 넘어 안으로 들어간 1중대장은 곧 무슨 일인지 눈치를 챘다.

왜군 하나가 헛간에 숨어서 아녀자를 욕보이는 중이었다.

분노한 1중대장은 달려가 왜군의 머리에 칼을 휘둘렀다.

좌악!

목에서 더운 피가 뿜어지며 왜군이 바닥에 쓰러졌다.

1중대장은 말려올라간 여인의 치마를 다시 내려주며 물었다.

"왜놈들은 어디에 있소?"

옷자락을 여민 여인은 떨리는 손길로 동쪽을 가리켰다.

"우리가 왔으니 이제 안심하고 안전한 장소에 숨어있도록 하시오."

1중대장은 여인이 가리킨 동쪽으로 조심해서 접근했다.

잠시 후, 마을 입구에서 커다란 화톳불 하나를 발견했다.

왜군들은 그 화톳불을 중심으로 모여 약탈한 식량을 먹는 중이었다.

적지라면 적지인 곳에서 대담하기 짝이 없는 행동이었다.

이는 그들이 조선군을 얕보지 않았으면 절대 하지 못할 행동이었다.

적의 위치를 알아낸 1중대장은 다시 본대로 돌아갔다.

마을 뒤에 있는 숲을 통해 접근한 연대는 중군까지 도착해 있었다.

그리고 그 중 가장 먼저 마을에 도착한 3대대는 마을 안을 수색하며 마을 아녀자를 겁탈하는 왜적을 찾아 막 제거하는 중이었다.

삽시간에 수십 명의 왜적이 3대대의 손에 죽어갔다.

그 말은 욕을 당한 여인이 최소 수십 명이라는 말이었다.

그야말로 말을 잊지 못할 만큼 참담한 상황이었다.

이혼은 예닐곱 살 먹은 어린아이의 시신을 물끄러미 보았다.

왜적이 코와 귀를 베어갔는지 얼굴을 차마 쳐다보지 못했다.

"아."

이혼은 말할 수 없는 충격을 받았다.

살과 머리카락이 타며 나는 노린내와 피 냄새가 코를 찔렀다.

피 냄새는 마치 오래된 구리를 만졌을 때 나는 냄새와 비슷했다.

거기다 곳곳에 참혹한 모습으로 널려 있는 시신은 차마 눈을 뜨고 보기 괴로울 만큼 참혹해 어디에 시선을 둬야할지 알 수 없었다.

이혼이 느낀 감정을 근위연대의 병사도 같이 느꼈다.

그들도 왜적이 저지른 잔학한 실상을 눈앞에서 보기는 처음이었다.

이혼은 허준을 불러 명했다.

"아직 살아있는 사람이 있을 수 있으니 병사들과 같이 찾아보시오."

"예, 저하."

허준은 급히 시신이 있는 곳으로 걸음을 옮겼다.

작전참모 이호의가 급히 다가왔다.

"3대대 1중대에서 마을입구에 모여 있는 왜군을 찾았습니다."

"어떻게 할 생각인가?"

"적이 대군이고 근처에 본대가 있다면 반딧불을 잡다가 초가삼간을 태우는 격이 될 겁니다. 그래서 완벽하게 포위를 해야 합니다."

"그렇게 하게."

"예, 저하."

이호의는 대대장 네 명을 모아 명을 내렸다.

"1대대는 마을을 우회하여 동쪽에서 놈들의 탈출로를 봉쇄해주게."

1대대장 최자급이 고개를 끄덕였다.

"예!"

"2대대는 북쪽, 3대대는 남쪽으로 각각 움직여 포위하게."

"알겠습니다!"

"문제없습니다!"

2대대장 민여호와 3대대장 이책이 각자 병력을 지휘해 흩어졌다.

그리고 그 사이 이호의는 5대대장 김언광을 불러 동쪽으로 향했다.

이번 작전의 승패는 대대 간에 협력에 있었다.

만약, 포위망을 구축하던 중 어느 한 대대가 공에 눈이 멀어 먼저 공격했다가는 포위망이 느슨해져 왜적이 도망칠 가능성이 있었다.

또, 우회하는 모습을 발각당하면 각개격파 당할 위험마저 있었다.

다행히 왜적은 여전히 먹는데 집중하느라 정신이 없었다.

욕정을 풀러 민가에 스며든 동료가 돌아오지 않는 모습에 이상함을 느낄 만도 했지만 배고픔을 해결하는 게 그보다 우선인 듯했다.

고니시처럼 가토의 2번대도 보급에 문제가 있었다.

거의 어두워진 저녁 하늘에 작은 불빛이 모습을 드러냈다.

불빛은 왜군이 피운 화톳불에서 올라온 불똥과는 다른 모습이었다.

처음에는 북쪽에서, 그리고 그 다음에는 남쪽에서 불빛이 올라왔다.

그리고 마지막으로 가장 먼 동쪽에서 불빛이 올라왔다.

이호의가 달려와 군례를 취했다.

“출병을 명해주십시오.”

“모든 준비를 갖추었는가?”

“예, 저하. 왜적을 일거에 소탕할 자신이 있사옵니다.”

“우리의 숫자가 왜군보다 몇 배 많다곤 하지만 그래도 적은 정병인데 비해 우리는 의병으로 이루어져있으니 피해가 클지 모르네. 우선 죽폭을 던져 적을 정신없게 만든 후 공격을 하도록 하게.”

“죽폭이 아깝지 않겠습니까?”

“목숨보다 아까운 건 이 세상에 없네.”

“알겠습니다, 저하.”

대답한 이호의가 5대대장 김언광을 불러 출병을 명했다.

잠시 후, 5대대 병사 몇 명이 망태기에서 대나무통을 꺼냈다.

길이는 팔뚝보다 조금 컸으며 뚜껑에는 심지가 있었다.

바로 이혼이 공을 들여 만든 죽폭이었다.

죽폭은 심지가 있는 뚜껑에 뇌관 역할을 하는 뇌홍이 있었다.

그리고 나머지 부분에는 화약과 쇳조각 수십 개가 뒤섞여있었다.

김언광이 그들에게 지시를 내렸다.

"심지는 손가락 하나 크기다."

김언광의 말에 투척병(投擲兵)으로 뽑힌 병사들이 심지를 잘라냈다.

투척병은 각 중대에서 팔 힘이 가장 좋은 병사를 선발했다.

"던져라!"

김언광의 명에 투척병이 죽폭에 불을 붙여 왜군 화톳불에 던졌다.

빙글빙글 돌아가며 날아간 죽폭이 화톳불과 부딪치는 순간.

펑펑펑!

엄청난 폭음과 함께 사방으로 폭발했다.

화약이 폭발하는 위력도 대단하지만 그보단 쇳조각이 비산하며 만든 피해가 더 커 근처에 있던 왜군들이 피를 흘리며 쓰러졌다.

갑작스러운 폭음과 폭발에 놀란 왜적들이 사방으로 흩어졌다.

그러나 곧 창을 앞세운 근위연대의 공격에 다시 화톳불로 돌아갔다.

얼마 후, 왜군도 정신을 차렸는지 조총으로 반격해오기 시작했다.

탕탕!

조총의 총성이 울리며 아군 병사 몇 명이 바닥에 쓰러졌다.

"반격해라!"

이호의가 앞으로 나가 고함을 질렀다.

"화살을 쏴라!"

이호의의 명에 각 대대에 속한 궁병이 화살을 쏘았다.

궁병은 숙련이 필요해 궁술을 연마한 유생들이 주로 맡았다.

총성과 화살이 내는 파공음이 어지럽게 울리며 서로 교차되었다.

병사들이 조총의 총성을 처음 들었으면 당황했을 것이다.

귀를 먹먹하게 하는 총성이 들린 후 옆에 있는 동료가

피를 흘리며 쓰러진다면 누구나 다 놀라고 당황할 것이다. 화살처럼 그 흔적을 확인할 수 없는 조총을 처음 접한 조선군이 딱 그러했다.

그러나 조총에 대한 소문이 많이 퍼져 그 이점은 사라진 상태였다.

오히려 활에 비해 사거리가 짧으며 명중확률도 형편없는 조총은 빨리 배워 쏠 수 있다는 점 외에 활에 비해 좋은 점이 없었다.

원거리 공격이 끝나는 순간.

"와아아!"

함성을 지른 양쪽의 군대가 처음으로 부딪쳤다.

근위연대는 창과 칼, 왜군 역시 마찬가지로 창과 칼이 주무기였다.

카앙!

창과 창이 부딪쳐 하늘로 올라가고 칼과 칼이 쇳소리를 만들었다.

이혼은 침을 삼키며 화톳불을 중심으로 이루어지는 전투를 지켜보았는데 피가 비처럼 내리고 비명과 고함이 쉴 새 없이 들려왔다.

육박전을 벌이느라 뒤엉켜 있었지만 구분은 쉬웠다.

왜군은 옷 위에 가슴이나, 어깨를 가리는 부분갑옷을 입었다.

그리고 등 뒤에 군기를 부착해 왜군임을 알아보기 쉬웠다.

반면, 아군의 옷차림은 제각각이었다.

승려와 유생, 저고리를 입은 농부가 뒤섞여 있었다.

그 순간.

“으아아악!”

눈에 익은 아군 병사 한 명이 배를 잡은 채 바닥에 쓰러졌다.

그는 급히 상처를 막아보았으나 피와 내장이 같이 쏟아졌다.

그를 쓰러트린 왜군이 왜도(倭刀)를 두 손으로 잡아 목에 내리쳤다.

끔찍한 광경을 차마 볼 수 없어 고개를 돌리는 순간.

긴장한 기색으로 전장을 주시하는 허준의 모습이 보였다.

이혼은 허준의 모습을 보며 반성했다.

‘그래, 저들은 내가 내린 명령으로 죽어가는 중이다. 그런 사람들의 최후를 내가 봐주지 않으면 누가 봐주겠는가. 외면하지 말자.’

이를 악문 이혼은 다시 전장을 주시했다.

악몽과 끔찍한 현실을 오가는 듯한 전투가 계속 되었다.

30여 분의 전투가 끝난 후, 왜군은 5, 6십 명이 살아남았다.

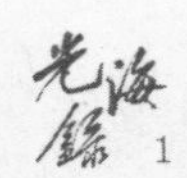

한데 이들은 다른 이들에 비해 전투력이 훨씬 강했다.

아군의 창보다 훨씬 더 긴 창을 자유자재로 휘두르며 공격해왔다.

왜군의 강력한 기세에 아군이 오히려 물러서기 시작했다.

"화살을 쏴라!"

이호의의 명에 뒤에서 다시 무수한 화살이 허공을 갈랐다.

파파팟!

화살에 맞은 왜군이 우후죽순으로 쓰러졌다.

창이 아무리 강해도 화살을 막아내지는 못했다.

"이거나 먹어라!"

1대대장 최자립은 죽폭에 불을 붙여 힘껏 투척했다.

힘이라면 누구에게도 지지 않을 최자립이 전력을 다해 던진 죽폭은 하늘을 한 줄기 유성처럼 가르며 날아가 왜군 위에서 터졌다.

퍼엉!

죽폭은 공중에서 점화되었는지 땅에 닿기도 전에 폭발했다.

콰아악!

죽폭이 폭발하며 비산한 쇳조각이 남은 왜군을 마저 쓰러트렸다.

그리고 그것을 끝으로 전투가 끝났다.

이혼은 손바닥이 아픈 느낌을 받고 고개를 내려 보았다.

주먹을 얼마나 세게 쥐었는지 손에 손톱자국이 선명했다.

땀으로 흥건한 손바닥을 얼른 옷에 닦은 이혼은 심호흡을 하였다.

작전참모 이호의가 달려와 주먹을 가슴에 붙인 채 무릎을 꿇었다.

절도 있는 군례였다.

"저하, 기뻐하시옵소서. 대승이옵니다!"

"모두들 고생하였네."

"적은 전멸했고 아군의 피해는 전사 열 둘, 부상 서른 한 명입니다."

이호의는 사상자가 적다고 생각하는 듯했다.

그러나 이혼에게는 수십 개의 바늘이 가슴을 찌르는 기분이었다.

긴장이 풀린 이혼은 팔다리에 힘이 쭉 빠져 서있을 힘이 없었다.

그저 희미한 목소리로 마지막 명을 내릴 뿐이었다.

"정리는 알, 알아서 해주게."

"알겠습니다."

이호의는 바로 움직였다.

먼저 범골을 수색해 살아있는 백성이 있는지 확인하도

록 하였다.

다행히 곳곳에 몸을 감춘 백성들이 많아 이번 전투의 의미를 더해주었다. 그리고 백성들의 도움을 받아 전사자와 백성들의 시신을 땅에 안장했다. 또, 부상자는 회령으로 운송할 준비를 마쳤다.

마지막으로 왜군 시신을 한데 모아 태워버렸으며 그들이 소지한 화약과 조총, 창, 칼, 갑옷 등은 근위연대 병사들에게 나눠주었다.

다음 날 새벽까지 전장을 정리한 이호의가 돌아와 보고했다.

"떠날 준비를 마쳤습니다."

방 안에서 휴식을 취한 이혼은 조금 생기가 도는 얼굴로 물었다.

"전리품은 얼마나 되는가?"

"화약은 10관(貫), 조총은 50자루, 칼과 창은 각각 3백자루가 넘습니다. 그리고 군마 30마리를 추가로 얻었으며 갑옷도 상당합니다."

이혼은 누구보다 명석한 머리를 가져 바로 지시를 내렸다.

"갑옷은 착용하지 말고 수레에 싣도록 하게. 괜히 입었다가 아군에게 왜적으로 오인 받으면 아군끼리 싸우는 사태가 발생할 걸세."

이호의는 식은땀을 흘렸다.

"소장이 큰 실수 할 뻔했군요."

이호의는 근위연대 무장이 형편없어 왜군 갑옷을 나누어줄 생각이었는데 이혼의 말을 들어 보니 큰 실수를 저지를 뻔했던 것이다.

"갑옷은 녹여서 사용 가능하니 버리지 말게."

"명심하겠습니다."

"그럼 잠시 휴식했다가 아침을 지어먹고 출발하세."

난리 통에 도망쳤다가 소문을 듣고 다시 마을로 돌아온 백성들을 위로한 근위연대는 마을 입구에 솥을 걸어 아침을 지어먹었다.

아직도 피 냄새가 나며 핏자국이 널려 있는 곳에서 밥을 먹는 게 이상한 기분이 들게 하였지만 배고픔은 그런 상황을 초월했다.

이혼은 평생 끼니로 인해 곤란을 겪은 일이 없었다.

넉넉하게 먹지는 않더라도 끼니를 거르는 경우는 없었다.

한데 이곳에 온 이후에는 하루에 두 끼, 그것도 찬이 거의 없는 잡곡밥을 물에 말아 먹다보니 항상 배가 고파 몸에 힘이 없었다.

"송구하옵니다."

이혼의 아침을 챙겨온 허준이 고개를 숙였다.

전시라곤 해도 일국의 세자가 먹는 음식치고는 너무 형편없었다.

조와 수수를 섞은 잡곡밥에 된장 반 숟가락이 전부였다.

"어의가 송구할 일이 아니니 그런 필요 없소."

이혼은 잡곡밥에 물을 받아 마시듯 후루룩 들이켰다.

그때, 마을 노인 몇 명이 양과 닭 몇 마리를 가져왔다.

노인들이 사투리로 뭐라 말을 하자 허준이 듣고 있다가 통역했다.

"저하께서 도와주시지 않았으면 내년 이맘 때 제사지내 줄 사람마저 없었다고 하며 얼마 안 되는 가축이지만 그 답례라 하는군요."

"이렇게 고마울 데가 있나."

이혼은 진심으로 고마워하며 그들의 선물을 받았다.

배고픈 병사들에게 고기국물을 먹일 수 있을 거 같아 기뻤던 것이다.

범골을 출발한 근위연대는 회령으로 빠르게 나아갔다.

가토의 군대가 근처에 있다면 회령도 위험하다는 말이었다.

'제발 늦지 않아야하는데.'

이혼의 기도가 통했는지 회령을 지키는 군대는 조선의 관군이었다.

***

“지금 이걸 나에게 먹으라고 가져온 것이냐?”

소리를 지른 임해군은 벌떡 일어나 시녀가 가져온 밥상을 걷어찼다.

쌀밥에 고깃국으로 차린 밥상이 바닥에 엎어졌다.

성 안을 뒤져 어렵사리 구해온 쌀밥과 고깃국이 먹을 수 없게 되어버린 모습에 시녀는 밥과 국을 뒤집어 쓴 채 눈물을 흘렸다.

굶는 사람이 태반이어서 군마마저 잡아먹는 실정이었는데 왕자라는 사람은 이런 상황에서 진수성찬이 올라오길 바라는 모양이다.

임해군은 눈에 쌍심지를 켰다.

“왜 우는 거냐? 감히 왕자인 나에게 반항을 하는 거냐?”

“아, 아니옵니다.”

“그럼 재수 없게 왜 우는 거냐? 나라라도 망했느냐? 아니면 네 부모가 뒈지기라도 했느냐? 이 년이 사람을 아주 우습게 보는군.”

제 풀에 화가 난 임해군은 벽에 걸려 있는 채찍을 집었다.

“오늘 네 년에게 지엄한 법도가 있음을 알려주마!”

소리친 임해군은 미친 듯이 채찍을 휘두르기 시작했다.

철썩!

채찍이 허공을 가를 때마다 시녀의 몸에 핏자국이 생겼다.

시녀는 그저 머리를 감싸며 채찍에 몸을 맡겼다.

이 임해군은 회령에 온 후 벌써 서너 명을 때려죽인 전력이 있었다.

아니, 전란이 시작된 후까지 모두 따지면 10여 명이 넘었다.

차악!

시녀의 옷과 살이 찢어지며 소름끼치는 소리가 들려왔다.

시녀가 정신을 잃은 후에도 채찍을 한참 더 휘두른 임해군은 얼굴에 튄 시녀의 피를 손바닥으로 훔쳐서 옷에 아무렇게나 닦았다.

가여운 시녀는 결국 미친 왕자의 손에 목숨을 잃었다.

분노로 이글거리던 임해군의 눈이 새파랗게 빛났다.

살인 뒤에 찾아오는 허무함을 달랠 다른 무언가가 필요한 모양이다.

방문을 거칠게 열어젖힌 임해군은 호종하던 군관에게 채찍을 던졌다.

"저 년의 시체를 버리도록 해라. 그리고 너는 새 시녀를 찾아와라."

"예……."

군관은 죽지 않기 위해 얼른 고개를 숙이며 대답했다.

이 미친 왕자는 누가 쳐다보면 발작하는 고약한 성미마저 있었다.

처소의 계단을 내려온 임해군이 주위를 둘러보았다.

마침 십오륙 세로 보이는 소녀가 우물물을 긷는 중이었다.

임해군은 소녀를 불러 물었다.

"너는 누구인데 내아(內衙)에 있는 게냐?"

소녀는 임해군의 소문을 들었는지 덜덜 떨며 대답했다.

"토, 토관진무(土官鎭撫) 국가(鞠家)의 동생이옵니다."

"흐흐."

음흉한 미소를 지은 임해군이 소녀의 머리채를 휘어잡았다.

"하찮은 계집이군. 너에게 오늘 지체 높은 분을 모실 기회를 주마."

"예에?"

소녀가 놀라 묻는 순간.

소녀의 머리채를 잡은 임해군은 근처에 있는 아무 방에나 들어갔다.

부욱!

소녀가 지르는 비명과 옷이 찢어지는 소리가 내아를 갈랐다.

회령성 안 회령부사(會寧府使)가 머무는 내아는 지옥과 다름없었다.

선조는 왜군이 도성에 쳐들어올 때 일왕자 임해군을 함경도에 보내 근왕병을 모집하게 하였는데 오히려 나쁜 결과를 불러왔다.

임해군이 아전을 매질해 죽이거나, 백성의 곳간을 강탈하는 바람에 오히려 임해군과 왕실을 욕하는 사람이 더 많을 지경이었다.

이는 선조가 강원도에 보내 근왕병을 모으게 한 순화군도 마찬가지였다. 나이는 어려도 순화군의 잔혹한 성미는 이미 유명했다.

순화군은 가토 기요마사가 강원도에 쳐들어오자 바로 도망쳐 함경도에 있던 임해군과 합류했다. 그리고 임해군과 짝짜꿍이 맞아 함흥에서 같이 분탕질을 치다가 왜적이 올라온다는 소식에 다시 함흥에서 길주로 도망쳤다가 길주에서 한 번 더 회령으로 피했다.

두 왕자를 쫓아오며 함흥에 거의 무혈입성(無血入城)한 가토 기요마사는 함경북도마저 점령할 생각으로 계속 북쪽으로 올라갔다.

이에 조선에서는 북병사(北兵使) 한극함(韓克諴)이 마천령(摩天嶺)에서 격퇴하려 하였으나 해정창(海汀倉)전투에서 패해 흩어졌다.

해정창은 조창으로 군량이 있는 요충지였다.

그런 조창이 점령당했으니 사기가 떨어질 수밖에 없었다.

거리낄 게 없어진 가토 기요마사는 길주에 본진을 꾸린 후 나베시마 나오시게와 사가라 요시후사를 회령에 보내 정탐하게 하였다.

그런 위급한 순간에 힘을 하나로 모아야할 임해군과 순화군이 오히려 분탕질을 치니 회령성 안의 사기는 떨어질 대로 떨어졌다.

그리고 왕실에 대한 불만은 폭발하기 일보직전이었다.

두 왕자를 호종하던 전 좌의정 김귀영, 전 예조판서 황정욱(黃廷彧), 황혁(黃赫)부자, 순변사 이영(李瑛), 회령부사 문몽원(文夢轅)이 어떻게든 이런 분위기를 일신하려 했으나 역부족이었다.

거기에 기름을 부은 사건이 바로 임해군이 토관진무 국경인(鞠景仁)의 여식을 대낮에 사람들이 다 보는 앞에서 겁탈한 일이었다.

국경인은 회령을 비롯해 육진을 방어하는 토병의 우두머리와 같은 자였는데 그를 따르는 토병이 수천에 이를 만큼 절대적이었다.

그런 국경인의 집에 국경인의 숙부 국세필(田彥國)을 비롯해 회령의 토병 정말수(鄭末守), 김수량(金守良), 이언우

(李彦祐), 함인수(咸麟壽), 정석수(鄭石壽), 전언국(田彦國) 등이 차례로 모여들었다.

국경인이 벌게진 얼굴로 미친 듯이 화를 내며 소리쳤다.

"이게 어디 사람새끼가 할 짓이란 말이오!"

국세필 역시 화를 참지 못해 물었다.

"질녀가 임해군에게 겁간(劫姦)당했다는 게 사실이냐?"

"사실입니다, 숙부. 제 놈이 벌건 대낮에 동생을 범한 것도 모자라……, 그 간악한 놈이 글쎄 부하들에게 윤간을 시키게 하여 결국 동생은 돌아오지 못하고 능욕을 당한 채 숨을 거두었습니다."

"이런 잔악한 놈들!"

국세필이 답답한 듯 자기 가슴을 두 번 세게 후려쳤다.

정말수가 그런 국세필을 물끄러미 보다가 국경인에게 물었다.

"형님이 우리를 다 모이게 한 건 그럼 그 일 때문이오?"

"그렇네."

김수량이 다가앉으며 물었다.

"어찌하실 요량이오?"

"내 이 두 놈을 산 채로 씹어 먹지 않으면 어찌 돌아가신 부모님을 뵈올 수 있겠는가. 오늘 당장이라도 놈을 잡아 포를 뜨려하네."

이언우와 함인수 등이 앞 다투어 말했다.

"형님, 내가 하겠소. 나를 선봉에 세워주시오."

"아니오, 형님. 그 일은 이 함인수에게 맡겨주셔야 하오. 내 그 동안 놈들의 행태를 지켜보다가 부아가 치밀어 죽는 줄 알았소이다."

정석수와 전언국도 자기를 선봉에 세워 달라 난리를 피웠다.

그때, 정말수가 담담한 얼굴로 물었다.

"죽이고 나선 어찌하실 생각이오?"

"두만강을 건너가서 여진족 노토부락 추장에게 의탁할 생각이네. 우리와 여러 차례 왕래가 있었으니 우리를 기꺼이 받아줄 걸세."

국경인의 대답에 정말수가 혀를 찼다.

"사내로 태어나서 어찌 도망칠 궁리부터 하시는 게요."

"그럼 다른 방법이 있다는 말인가?"

"아예 이참에 거사(擧事)를 벌입시다."

정말수의 말에 국경인을 포함한 모든 사람의 얼굴이 흠칫 굳었다.

정말수가 태연한 낯빛으로 주위를 한차례 둘러보았다.

"왕자를 죽이면 어차피 역적이 되는 몸인데 이왕 칼을 빼든 김에 무라도 베야하지 않겠습니까. 소제에게 한 가지 계책이 있습니다."

국경인이 입술에 침을 한 번 바르더니 급히 물었다.

"그 계책이 무엇인가?"

"형님은 맘에 들지 않으실 겝니다."

정말수의 뻔대는 행동에 국경인이 다그치듯 물었다.

"내 마음에 들고 아니고는 이제 상관없으니 어서 말해 보게."

"임해군과 순화군을 잡아다가 왜군 장수에게 바치는 거요."

조용히 듣던 국세필이 흥미를 드러냈다.

그는 국경인의 숙부로 이 무리의 좌장(座長)이었다.

"바친 다음에는?"

"왜군의 힘이 강성하니 그 힘을 이용해서 회령, 아니 함경도를 장악한 후에 우리가 우리들의 고향에 우리의 나라를 세우는 거요."

국경인은 처음에 임해군과 순화군을 그냥 넘기자는 말에 화가 났다가 그 다음 말을 듣고는 회가 동한 듯 숙부 국세필을 보았다.

"숙부님 생각은 어떻습니까?"

"나쁘지 않은 거 같구나."

국세필의 대답에 국경인이 다른 사람에게 물었다.

"자네들은?"

"우리 마음에 쏙 드는 계획입니다요."

"맞습니다. 역적으로 낙인찍히는 마당에 되던 안 되던 해봐야지요."

국경인 등은 밤을 새워가며 거사에 대해 논의했다.

다음 날, 국경인은 휘하에 있는 토병을 회령성으로 부르기 시작했다.

한데 그 수가 빠르게 늘어 금세 3, 4천에 이르렀다.

더구나 기병의 숫자가 많아 그 전투력은 가히 최강이라 할만 했다.

이 모습에 가장 놀란 사람은 순변사 이영이었다.

순변사는 임금이 변방의 실태를 파악하기 위해 보내는 특사였다.

이영은 남문 성루에 있다가 깜짝 놀라 회령부사 문몽원을 불렀다.

"이, 이게 대체 무슨 일이오?"

질문을 받은 문몽원도 놀라기는 마찬가지였다.

"놈들이 반역을 저지르려는 게 아닐는지요."

그때, 고령첨사(高嶺僉使) 유경천(柳擎天)이 칼을 찬 채 찾아왔다.

"사태가 이상하게 돌아가는 거 같습니다."

"자네가 보기에도 국경인이 반란을 일으키려는 거 같은가?"

유경천은 답답한 표정으로 고개를 끄덕였다.

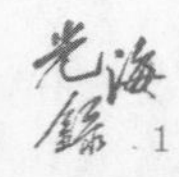

"예, 대감. 아무래도 임해군마마가 며칠 전 국경인의 여동생을 겁탈해 죽인 일로 국경인과 그 일족이 반란을 일으키려는 듯합니다."

이영은 떨리는 목소리로 물었다.

"이, 이일을 어찌하면 좋은가? 저들의 군세가 너무 강하지 않은가?"

유경천은 주위를 힐끔 보았다.

이미 회령성 남문에마저 국경인의 부하들이 진을 치는 중이었다.

유경천은 급히 목소리를 낮추었다.

"소장이 가서 군대를 해산하라고 권해보겠습니다."

문몽원이 걱정스러운 표정으로 물었다.

"국경인이 듣지 않으면 어떻게 할 생각인가?"

유경천은 이미 계획이 있는 듯 칼자루에 손을 얹었다.

"거절하면 그 자리에서 국경인의 목을 단숨에 베어버릴 생각입니다."

"그럼 반군이 해산할까?"

"우두머리가 사라지면 결속이 약해집니다. 그리고 국경인이 이번에 모은 병력 중 반 이상은 놈에게 심복하지 않은 걸로 압니다."

잠시 고민하던 이영은 얼굴이 하얗게 질려 고개를 저었다.

"안 될 말이네. 그건 너무 위험해."

"대감, 시간이 없습니다. 이미 국경인의 수족들에게 감시당하는 중이니 지금이 아니면 기회가 또 없습니다. 제발 허락해주십시오."

이영은 세차게 고개를 저었다.

"불가(不可)하네."

유경천의 걱정은 기우가 아니었다.

이영의 동태를 감시하던 전언국이 급히 국경인을 찾아 아뢰었다.

"유경천이 설득하는 척하며 장군의 목을 먼저 베려는 모양입니다."

의자에 앉아 군을 점고하던 국경인이 벌떡 일어났다.

"앉아서 당할 수야 없지. 우선 조정에서 보낸 군관을 먼저 베어라."

"예!"

국경인의 부하들이 칼과 창을 일제히 뽑아드는 순간.

뎅뎅뎅!

남문에 있는 종루에서 종소리가 울려 퍼졌다.

"이게 무슨 소리냐? 가서 알아보고 오너라."

정말수가 급히 물었다.

"그럼 군관을 베고 거사하는 일은?"

"잠시 기다려라. 상황을 본 연후에 결정하겠다."

국경인이 머뭇거릴 때였다.

회령성 남문에서는 이영이 국경인보다 더 놀라는 중이었다.

이영으로서는 태어나서 오늘이 가장 많이 놀란 날일 것이다.

지금 남문 앞에는 행색이 꾀죄죄한 천여 명의 병력이 당도해 있었다.

바로 이혼이 이끄는 근위연대였다.

작전참모 이호의가 기수를 돌려 이혼에게 달려왔다.

"저하의 신분을 통보한 후 성문을 열라고 하겠습니다."

"그렇게 하게."

"그럼."

이호의가 기수를 돌리려는 순간.

"잠깐!"

이혼이 급히 부르는 소리에 이호의가 다시 돌아왔다.

"더 하명하실 일이 있으십니까?"

"혹시 모르니 남문에 있는 장수의 신분을 확인해보게. 혹시, 회령의 토병이면 즉시 물러나오고 조정의 관원이면 문을 열도록 하게."

"연유를 여쭈어도 되겠습니까?"

"그냥 시키는 대로 하게."

"알겠습니다."

대답한 이호의는 고개를 갸웃거리더니 이내 남문으로 말을 몰았다.

회령부사 문몽원이 성문 위에 있는 성루에 나와 소리쳤다.

"신분을 밝히시오!"

"우리는 평안도 영변에서 온 근왕군이오!"

"신분을 확인할 수 있는 증표가 있소?"

그때, 이혼과 함께 중군에 있던 호조참판 윤자신이 앞으로 나왔다.

"오, 회령부사 문몽원인가?"

문몽원은 익숙한 목소리에 급히 해 가리개를 만들어 살펴보았다.

"아, 아니 대감은?"

"날세. 윤자신이야."

"어가를 호종한다는 말을 들었는데 어떻게 이 회령까지 오셨습니까?"

"세자저하를 모시는 중이니 어서 성문을 개방하게! 세자저하를 언제까지 성 밖에 계시게 할 셈인가? 그 옆에 있는 장수는 누군가?"

윤자신의 말에 순변사 이영이 급히 고개를 내밀었다.

"나는 순변사 이영이외다!"

"오, 살아 있었구먼. 어서 성문을 열게! 세자저하가 저 뒤에 계시네."

"알겠소이다!"

대답한 이영은 문몽원과 유경천에게 급히 물었다.

"이, 이를 어찌하면 좋소?"

"세자저하가 오셨다는데 당연히 열어야지요."

문몽원의 말에 유경천은 고개를 저었다.

"지금 국경인이 성 안에서 반란을 도모하려는 상황인데 세자저하를 이 일에 말려들게 하면 이건 씻을 수 없는 불충으로 남습니다."

세 사람이 의논하는데 이혼이 앞으로 나왔다.

상대가 순변사와 회령부사라면 국경인이 반란을 일으키기 전이었다.

"안에 불순한 움직임이 있는 걸 아오!"

이영은 깜짝 놀라 물었다.

"하오시면?"

"상관없으니 문을 여시오!"

이영도 방법이 없는지 성문을 열도록 했다.

쇠를 댄 두꺼운 성문이 끼익하는 소리를 내며 천천히 열렸다.

이혼은 익위사 기영도와 어의 허준을 양 옆에 대동한 채 들어갔다.

그리고 그 뒤를 영의정 최흥원, 약방 부제조 정탁, 부제학 심충겸, 호조참판 윤자신 등을 비롯한 대신과 근위연대 병사가 따랐다.

이혼은 성루에서 내려온 이영과 문몽원 등의 절을 받으며 물었다.

"국경인은 어디 있소?"

"동, 동헌 앞에 모여 있습니다."

"그리로 가야겠군. 길을 모르니 누가 안내 좀 해주시오."

그때였다.

유경천이 달려와 이혼의 군마 앞에 엎드렸다.

"저하, 위험합니다! 가지 마옵소서!"

"국경인이 두려워 그러는가?"

"그렇습니다!"

"방법이 없네. 우리가 그들을 얻지 못하면 전쟁을 이기지 못하네."

이혼의 신호를 받은 기영도가 고삐를 잡아 동헌으로 말을 몰았다.

최흥원은 정탁 등과 눈짓을 주고받다가 서둘러 따라갔다.

그들은 암투가 난무하는 조정에서 수십 년 간 버텨온 사람들이었다.

특히, 영의정 최흥원은 아주 노회한 정치가여서 지금 이 회령성에서 무슨 일이 일어나는 중인지 몇 마디 대화를 통해 추론해냈다.

최흥원은 이혼과 말머리를 나란히 하며 속삭였다.

"정말 가실 생각입니까?"

"방금 말하지 않았소. 이번 전쟁에는 저들의 힘이 꼭 필요하오. 그나마 제대로 된 군대인데 저들마저 넘어가면 전황이 어려워지오."

잠시 무언갈 생각하던 최흥원은 고개를 끄덕이더니 다시 속삭였다.

"그럼 신의 조언대로 해보십시오."

"어떻게 말이오?"

"저하께서는 조선의 국본이십니다. 그 국본의 권위를 앞에 세우시면 아무리 간이 큰 자라고 해도 감히 맞받아치지 못할 것입니다."

"국본의 위엄으로 상대를 기선 제압하라는 말이오?"

"그렇습니다."

"음, 쉽지 않은 일이오."

이혼은 학자이지, 장군이나, 정치인이 아니었다.

그런 위엄을 내보이려면 몸짓과 발성이 중요한데 준비가 부족했다.

최흥원의 목소리가 속삭이는 거처럼 더 작아졌다.

"저하께서 영변에서 크게 앓으신 연후에 달라지셨다는 것을 압니다."

"으음."

최흥원의 말처럼 그 날 세자는 고열을 크게 앓았다.

그래서 다음 날 가장 먼저 만난 사람이 다름 아닌 어의였던 것이다.

이혼은 내심 뜨끔하여 물었다.

"알고 있었으면서 왜 티를 내지 않았소?"

"저하는 지금 조선에서 두 번째로 중요한 분이십니다. 더군다나 이런 국난에 저하의 몸에 이상이 생겼다는 소문이 퍼지면 근왕병의 사기는 떨어지며 만조백관은 저항할 기력을 잃어버릴 겁니다."

"그래서 일부러 모른척했다는 말이오?"

"예, 저하. 신들이 우둔하여 그냥 지켜보았던 게 아닙니다."

이혼은 머릿속의 복잡한 생각을 정리하며 물었다.

"그 이야기를 지금 꺼내는 이유가 무엇이오?"

"지금이야말로 잃어버린 세자저하의 위엄을 다시 보이실 때입니다."

최흥원의 말에 이혼은 심호흡을 크게 하였다.

'모르겠다. 그의 말대로 한 번 해보는 수밖에.'

이혼은 어렴풋이 드러나는 동헌을 보며 아랫배에 힘을

잔뜩 주었다.

그 순간, 심장이 터질 거 같았다.

그리고 머리는 뜨거워 정수리에서 김이 올라오는 듯했다.

눈을 크게 부릅뜬 이혼의 시야에 열을 지어선 토병이 보였다.

기병 1, 2천에 나머지는 보병이었다.

살벌한 기세와 번쩍이는 창칼이 모골을 송연하게 만들었다.

"비켜라!"

기영도가 같이 긴장했는지 웅성거리는 토병들에게 고함을 질렀다.

토병들이 움찔하며 홍해처럼 갈라졌다.

그리고 그 속에서 국경인으로 보이는 사내가 천천히 걸어 나왔다.

4장. 운명을 걸다

NEO ALTERNATIVE HISTORY FICTION

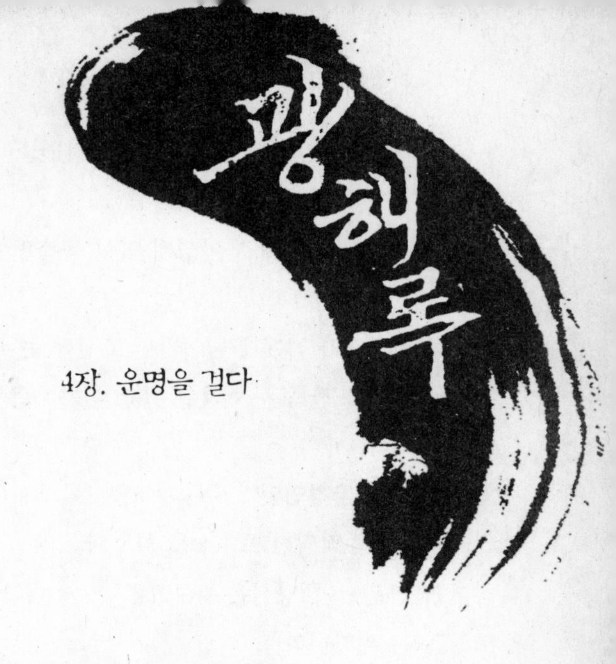

4장. 운명을 걸다

이혼은 소리를 질러본 경험이 많지 않았다.

아니, 소리를 크게 질러야하는 경우 자체가 거의 없었다.

그러나 지금은 아니었다.

저 국경인이라는 사내를 제압하지 못하면 최악의 상황이 펼쳐진다.

두 왕자에 이어 세자인 그마저 왜군에게 인질로 넘어가는 경우가 생기는 건 물론이거니와 가장 강한 군대마저 잃을 수가 있었다.

예부터 조선에서 가장 강한 군대로 이 함경도의 토병이 꼽혀왔다.

여진족과의 분쟁이 끊이지 않아 자연스레 정병으로 성장한 것이다.

조선을 건국한 태조 이성계 역시 동북면에서 세력을 키웠다.

그런 군대가 적에게 넘어가면 조선에 큰 손실이었다.

배에 힘을 잔뜩 준 이혼은 목청을 가다듬어 소리를 질렀다.

"자네가 국경인인가?"

국경인은 딱딱한 표정으로 물었다.

"당신은……, 당신은 누구요?"

"나는 세자니라!"

세자라는 말에 토병의 시선이 이혼을 지나 국경인에게 옮겨갔다.

이제 국경인이 어찌 하느냐에 달려있었다.

여기서 세자를 부정하면 그대로 반군이 된다.

그리고 세자를 인정하면 근왕병이 되는 것이다.

국경인은 대답에 앞서 주위를 둘러보았다.

그의 부름에 호응해 모여든 토병이 술렁이는 중이었다.

그들은 역적이 되느냐, 아니면 근왕병이 되느냐 그 기로에 있었다.

국경인의 영향력이 직접 통하는 토병은 그 중 1천 명이었다.

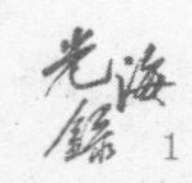

그 말은 나머지 3, 4천은 여전히 왕실에 충성을 바친다는 의미였다.

국경인은 그를 호위하듯 에워싼 측근을 둘러보았다.

정말수와 국세필, 그리고 김수량 등은 이미 칼자루에 손을 얹었다.

국경인의 명이 떨어지는 즉시, 세자일행을 베어갈 기세다.

장내에 팽팽한 긴장감이 감돌았다.

그야말로 일촉즉발의 위기였다.

모여 있는 수천 명의 사람들 중 누구하나 큰 소리를 내지 못했다.

이혼은 최흥원을 보았다.

그리고 최흥원은 고개를 끄덕였다.

세자의 위엄을 보여줘야 하는 시기가 지금이라는 말이었다.

꾸민 위엄은 오히려 상대에게 반감을 산다.

오랜 시간 군림해온 경험과 생득권(生得權)이 주는 자연스러운 위엄만이 상대를 굴복시키거나, 감화시켜 무릎을 꿇게 할 수 있었다.

그러나 이혼에게는 그게 없었다.

고작 십여 명의 연구원을 지휘해본 경험이 다인 그에게 몸에서 풍기는 자연스러운 위엄을 기대하는 건 애초에 어불성설과 같았다.

단 하나, 이혼이 기대할 건 그가 이마에 단 간판이었다.

그는 누가 뭐래도 조선의 임금에게 정식으로 책봉 받은 세자였다.

이혼은 군마의 배를 가볍게 때렸다.

따각!

말발굽소리가 정적을 깨며 긴장된 분위기를 달아오르게 만들었다.

따각따각!

말은 천천히 앞으로 나아가 어느새 국경인 앞에 우뚝 섰다.

말안장에 앉아 햇볕을 크게 등진 이혼은 국경인을 내려다보았다.

세자는 결정을 내렸다.

또, 그 의사를 명확히 드러냈다.

내 앞에 무릎을 꿇던지, 아니면 나를 베라고

이제 국경인이 답을 할 차례였다.

세자를 베든지, 아니면 그 앞에 무릎을 꿇던지 결정해야 했다.

칼자루를 쥔 손에 힘이 들어갔는지 손의 힘줄이 불끈 튀어나왔다.

모두가 숨죽이던 그 순간.

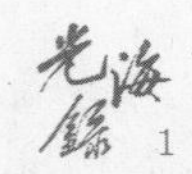

털썩!

석상처럼 굳어 영원히 움직이지 않을 거 같던 국경인이 허물어졌다.

"토관진무 국경인이 세자저하를 배알하옵니다!"

국경인이 먼저 무릎을 꿇자 국세필도, 정말수 등도 무릎을 꿇었다.

"소인들이 세자저하를 배알하옵니다!"

그리고 이어 세자를 둘러싼 4천여 명의 토병이 일제히 엎드렸다.

이혼은 주위를 둘러보았다.

수천 명의 사람이 그를 향해 엎드려 절을 올렸다.

목에 흐르는 땀을 살짝 훔친 최흥원이 다가와 조언했다.

"저들의 인사에 답를 해주십시오."

"어떻게 말이오?"

"그냥 손을 흔들어줘도 저들은 안심할 겁니다."

그 말을 들은 이혼은 칼을 쥔 오른팔을 하늘로 치켜 올렸다.

"와아아아!"

그 순간, 귀를 먹먹하게 하는 병사들의 함성소리가 회령에 진동했다.

마침내 국경인과 함경북도 토병이 이혼에게 복종한 것이다.

이혼과 최흥원 등은 회령부사 문몽원의 안내를 받아 동헌을 찾았다.

한데 동헌 안에서 이상한 소리가 들려왔다.

마치 국악을 연주하는 듯했는데 간간히 노랫소리가 섞여 들려왔다.

이혼은 최흥원에게 물었다.

“영상대감은 저게 무슨 소린지 아시겠소?”

“풍악소리인 듯합니다.”

“풍악소리라니? 설마 이런 상황에서 누가? 아!”

이혼은 동헌의 문을 지나 안으로 들어갔다.

너른 마당이 먼저 보였다.

그리고 그 너머에 커다란 전각과 대청이 있었다.

한데 그 대청에서는 한창 흥겨운 주연이 벌어지는 중이었다.

회령의 관기(官妓)가 춤을 추는 동안, 악공은 북으로 장단을 맞췄다.

원래 회령부사가 앉아 있어야할 의자에는 채 약관을 넘지 않은 날카로운 인상의 젊은 청년 하나가 드러누워 있다시피 앉아 있었다.

눈꼬리가 길게 찢어져 있었는데 눈의 흰자가 검은자보다 훨씬 커서 기이한 느낌을 주었으며 얇은 입술은 분을 칠한 듯 붉었다.

허준이 다가와 속삭였다.

"저하의 동복형님이신 임해군마마입니다."

이혼은 신하와 장수를 대동한 채 섬돌을 지나 대청으로 올라갔다.

술기운이 올라 눈을 게슴츠레하게 뜬 임해군이 입 꼬리를 비틀었다.

"오, 세자동생이 아닌가? 너도 같이 재미 좀 볼 테냐?"

임해군의 버릇없는 말에 영의정 최흥원이 앞으로 나왔다.

"마마, 세자저하는 마마의 동생이기 이전에 조선의 국본이십니다. 아랫사람이 보는 중이니 체통을 지켜주십시오. 통촉 드립니다."

"크크, 영상대감도 놈의 혓바닥에 놀아난 모양이군."

"이럴 때가 아닙니다, 마마. 왜적의 대군이 코앞에 당도했습니다."

임해군은 광해군을 보며 이죽거렸다.

"그까짓 왜놈들이야 영상 옆에 있는 그 잘난 동생이 쳐부수면 될 게 아닌가? 내가 물려받을 나라도 아닌데 왜 신경을 써야하지?"

"왕실의 일원으로서 어찌 그런 말씀을 하십니까?"

"하하, 어차피 망한 나리에 왕실이 어디 있다는 말이냐?"

최흥원이 다시 뭐라 하려는 순간.

손을 들어 제지한 이혼은 작전참모 이호의를 불러 명했다.

"형님이 많이 취하신 모양이니 자네들이 가서 처소에 모셔다드리게."

"예, 저하."

이호의의 눈짓을 받은 병사들이 뛰어가 임해군을 부축하려하였다.

한데 그 순간.

"네놈이 세자가 되었다고 눈에 뵈는 게 없는 모양이구나."

갑자기 일어난 임해군이 수중의 술잔을 이혼에게 던졌다.

"저하를 보호하라!"

소리친 익위사 기영도가 앞으로 나와 이혼 앞을 막아섰다.

캉!

급한 김에 칼집 째 휘두른 기영도의 칼이 잔을 바닥에 떨어트렸다.

술이 튀어 옷을 버린 이혼은 고개를 저었다.

'이 자는 역사에 적혀 있는 내용보다 더 심한 말종이구나.'

이혼은 어금니를 물었다.

“형님을 뇌옥에 가둔 후 간수를 배치해라!”

임해군은 곧 병사들에게 팔이 잡혀 뇌옥으로 끌려갔다.

그러나 끌려가는 와중에도 악담을 고래고래 퍼부었는데 거의 저주에 가까워 최홍원, 정탁 등이 이혼을 차마 보지 못할 지경이었다.

임해군에게서 시선을 거둔 이혼은 주위에 명을 내렸다.

“패악을 부리던 임해군의 종자들을 찾아 매질을 가하게.”

“예!”

“그리고 다른 사람들은 순화군을 찾아오게.”

잠시 후, 장독에 숨어있던 순화군이 잡혀왔다.

술에 취해 이성을 잃은 임해군보단 확실히 겁을 먹은 모습이었다.

그 동안 해온 일이 있으니 국경인 등이 반란을 일으키려 한다는 소식을 듣자마자 바로 장독에 숨어 제 한 몸 지켜보려 한 것이다.

끌려온 순화군은 이혼 앞에서 계속 변명을 늘어놓았다.

그러나 이혼은 고개를 저었다.

‘이 자는 나이가 어림에도 벌써 임해군과 같은 악명을 떨치는 중이다. 나중에 싫은 소리를 듣겠지만 지금은 가둬두는 게 좋을 것이다.’

순화군을 거처에 연금한 이혼은 병사를 배치해 감시했다.

이혼은 그 날 밤 사람을 모았다.

"왜적이 이미 회령 근처에 당도했으니 계속 정찰병을 보내도록 하시오. 곧 왜적이 대거 몰려와 이 회령을 손에 넣으려 할 것이오."

"예, 저하!"

대답하는 신료와 장수들을 보며 이혼은 재차 입을 열었다.

"내가 오기 전에 회령성에서 불행한 일이 있었다는 말을 들었소. 그러나 내 이름을 걸고 맹세하건데 그들이 더 이상 그대들의 일을 방해하지 못하도록 할 것이니 국난을 극복하는 일에 충실해주시오. 지금 하는 말이 무슨 의미인지 모두 아리라 생각하오."

"예, 저하!"

신료와 장수들이 다시 고개를 숙였다.

그들의 얼굴에 비로소 미소가 번지는 건 희망을 보았기 때문이다.

임해군과 순화군의 횡포에 시달리느라, 안으로는 왕자의 비위를 맞추는 한편, 밖으로는 왜적을 막아내기 위해 얼마나 고심해왔던가.

한데 세자가 왕자들을 가두어버리더니 현재에 충실하라 한다.

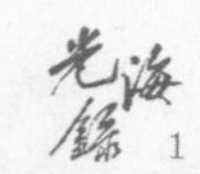

이 얼마나 시기적절한 처사이며 현명한 방도란 말인가.

말석에 앉아 있던 국경인이 고개를 땅에 닿을 듯 숙였다.

그는 이혼에게 항복할 때 머리가 잘려 성문에 효수당할 거라 믿었다.

아니, 가문 전체가 이번 일로 멸문지화당할 거라 믿었다.

한데 세자는 그릇이 작지 않았다.

그를 용서해준 건 물론이거니와 벼슬마저 유지하게 해 주었다.

자신의 선택이 옳았음을 깨달은 국경인은 안도의 숨을 내쉬었다.

물론, 갈등이 봉합된 건 아니었다.

거사 직전까지 갔었던 만큼, 그를 의심하는 사람들이 아직 많았다.

국경인은 속으로 한 번 더 다짐했다.

'어떻게든 공을 세워 저하의 은혜에 보은해야한다. 그래야 나와 내 부하들을 의심하는 조정 신료의 의심을 없앨 수 있을 것이다.'

전체 회의를 마친 이혼은 영의정 최흥원, 순변사 이영 등을 불렀다.

"회령에 병력이 얼마나 있소?"

회령 사정에 밝은 이영이 대답했다.

“기병 2천, 보병 4천해서 총 6천입니다.”

“북도의 병력을 모두 합치면 얼마나 되오?”

“4천을 더해 총 1만은 될 것입니다.”

“그럼 난전이 벌어질 경우에 대비하여 편제를 다시 만들어야겠소.”

이혼은 최흥원, 이영, 이호의 등과 편제를 새로 만들었다.

얼마 후, 근위연대에 함경도 토병을 더해 근위사단을 새로 창설했다.

총 인원 6천에 이르는 대군으로 독자적인 작전수행마저 가능했다.

이혼은 고령첨사 유경천을 불렀다.

유경천은 뛰어난 장수로 능히 일군을 지휘할 능력이 있었다.

“찾아계시옵니까?”

“북방을 잘 알 테니 북평사(北評事) 정문부(鄭文孚)를 찾아와주게.”

“정문부를 말입니까?”

“그렇다네. 왜적이 당도하기 전에 그를 반드시 찾아와주게.”

유경천은 예상치 못한 명에 잠시 당황하는 모습을 보였다.

첨사, 즉 첨절제사(僉節制使)인 유경천의 품계는 종 3품에 해당한다.

더욱이 그는 무과를 급제한 무관이었다.

반면, 세자가 급히 찾는 정문부는 정 6품의 문관으로 함경도 병마절도사(兵馬節度使)인 한극함을 보좌하는 일개 참모에 불과하다.

군을 지휘할 장수라면 그가 있는데 정문부를 찾아오라는 명이 선뜻 이해가지 않았으나 세자의 명이어서 얼른 부하를 풀어 찾았다.

3일 지난 후, 유경천이 보낸 부하들이 정문부를 데려왔다.

호리호리한 모습의 정문부는 장수라기보다는 유생에 더 가까웠다.

더구나 부상을 당했는지 몹시 쇠약한 모습이었다.

그러나 이혼은 실망하지 않았다.

정문부가 북관대첩(北關大捷)의 명장임을 알기 때문이다.

북평사였던 정문부는 함경도 의병을 모아 국경인 등의 반란을 진압한 후 가토의 2만 군사와 싸워 승리한 북관대첩의 명장이었다.

이혼은 절을 올리는 정문부에게 물었다.

"부상을 당했는가?"

"북병사(北兵使) 한극함과 해정창에서 왜적을 막다 부상 당했습니다."

북병사는 경성에 있는 북병영(北兵營)의 병마절도사를 지칭하는데 북병사 한극함이 해정창전투에서 패해 왜군의 북상을 허용했다.

정문부는 한극함과 참전했다가 작은 부상을 입은 모양이었다.

이혼은 걱정스런 표정을 지었다.

"상처가 심한가?"

"거의 다 나았으니 심려치 마시옵소서."

정문부의 다부진 대답에 이혼은 걱정을 조금 덜었다.

"그래, 북병사 한극함의 소식은 들었는가?"

"해정창에서 패해 흩어진 후 두만강을 넘었다는 소문을 들었습니다."

"그럼 그가 여진족에게 의탁했다는 말인가?"

"그런듯합니다."

정문부를 허준에게 보내 상처를 치료하게 한 이혼은 편제를 꾸렸다.

그는 근위사단을 네 개 전투연대와 하나의 본부연대로 편성하였다.

각 연대는 기병 5백 명과 보병 1천 명으로 꾸려졌는데 1연대장은 유경천, 2연대장은 정문부, 3연대장은 종성부사

(鍾城府使)로 있다가 오늘 오전에 급거 합류한 정현룡(鄭見龍), 그리고 마지막 5연대는 반란을 일으키려 했던 국경인에게 연대장을 각각 맡겼다.

또, 본부연대는 전투연대를 지휘 및 지원하는 역할로 본부연대장은 이호의를 임명했으며 그 외 나머지 편제는 근위연대와 같았다.

이혼의 파격적인 인사에 불만을 드러내는 사람이 많았다.

국경인이 반란을 일으키지는 않았지만 모의한 사실은 변하지 않았다.

당시에는 반란의 모의한 사실만으로도 역적 취급했는데 그런 사람에게 일군을 나누어주니 이를 걱정, 또는 질투하는 이가 많았다.

그러나 이혼은 꿈쩍하지 않았다.

'사람을 믿기로 했으면 완전히 신뢰해 내 사람으로 만들어야한다. 괜히 차별을 주어 불만을 갖게 하면 오히려 나쁜 결과가 나온다.'

근위사단을 재편한 이혼은 북도 정세에 밝은 정문부를 불러 물었다.

"북도의 지리에 능한 사람이 하나 필요한데 천거할 사람이 있는가?"

"강문우(姜文佑)의 눈치가 빠른데 재주마저 아주 비상합니다."

"알겠네."

이혼은 바로 정현룡과 회령을 방문한 강문우를 불러 그에게 근위사단의 눈과 귀 역할을 할 독립정찰중대(獨立偵察中隊)를 맡겼다.

이혼은 강문우에게 당부했다.

"이곳 토박이로 발이 빠른 자들을 몇 명 추려 적정을 탐색해보게."

"예, 저하."

강문우는 바로 북도 토박이를 모아 남쪽으로 내려갔다.

이혼은 또 정문부에게 물었다.

"반격하기 위해서는 북도의 군량과 군마, 그리고 무기를 이 회령에 모아야하는데 물자를 관리한 사람으로 누가 좋을 거 같은가?"

잠시 고민하던 정문부가 어렵게 입을 떼었다.

"국경인의 숙부 국세필이 회령의 아전으로 이런 정무에 밝습니다."

"알겠다."

이혼은 다시 국세필을 불러 창고에 있는 군량과 무기를 모두 맡겼다.

"자네가 이를 잘 계산하여 근위사단에 보급해주도록 하게. 그리고 북도의 여러 고을에 요청해 군량과 무기를 수

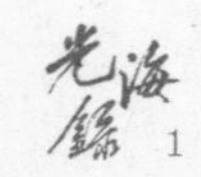

급해오도록 하게."

"황, 황송하옵니다."

조카와 마찬가지로 국세필 역시 죽을 날을 기다리던 처지다.

한데 이혼이 죄를 용서해줌은 물론이거니와 귀중한 창고의 열쇠마저 건네주는 모습에 감복한 그는 굵은 눈물을 뿌리며 돌아갔다.

이혼은 강문우가 돌아오기 전까지 각 연대별로 훈련하도록 했다.

그리고 그 사이, 이혼은 회령성의 방비를 살펴보았다.

회령은 육진(六鎭)의 한 축을 담당한다.

육진이란 세종대왕시절 두만강 동북면 경계에 설치한 여섯 개의 진으로 종성(鐘城), 온성(穩城), 회령(會寧), 경원(慶源), 경흥(慶興), 부령(富寧)을 가리키는데 회령은 그 중 왼쪽지역에 있었다.

이들 육진은 여진족의 강성한 부락과 마주하여 방비가 괜찮았다.

심지어 화포마저 여럿 있어 단독 농성마저 가능했다.

북문 성루에 올라간 이혼은 해 가리개를 만들어 살펴보았다.

도도히 흐르는 두만강의 강물과 그 너머에 있는 작은 어촌이 보였다.

이혼은 회령성을 안내하던 회령부사 문몽원에게 물었다.

"저 어촌은 여진족의 부락이오?"

"예, 저하. 건주여진에 속해있는 여진족의 마을입니다."

"거리가 생각보다 가까운데 평소에 소통을 하오?"

"예, 저하. 서로 필요한 물건을 거래하느라, 자주 왕래하는 편입니다."

이혼은 고개를 끄덕이며 성벽을 따라 한 바퀴 돌아보았다.

회령성의 성벽 높이는 5미터였으며 동서남북에 문과 성루가 있었다.

그리고 엄폐가 가능한 성첩과 포를 쏘는 포안(砲眼)이 다수 있었다.

포안은 포를 쏘기 위해 뚫어놓은 구멍이었다.

또, 포안에는 현재 지자, 현자 등의 총통(銃筒) 10여 문이 있었다.

총통 중에 가장 큰 종류는 물론 천자였지만 화약이 너무 많이 들어가 지자, 현자 두 개 총통을 주력으로 사용하는 모양이었다.

다만, 문제는 이 총통이 모두 북쪽을 향한다는 점이었다.

여진족을 방어하기 위해 세운 성이었으니 당연한 일이지만 지금 상황에는 적합하지 않았다. 적이 공격할 방향은 남쪽이 분명했다.

회령성 북쪽은 두만강에 막혀 있고 동쪽과 서쪽은 바위산이어서 아무리 뛰어난 정병도 이쪽으로는 공격해올 엄두를 내지 못했다.

만약, 왜군이 회령성으로 온다면 남쪽에 있는 너른 들판이 유력했다.

이혼은 문몽원에게 화포 대부분을 남쪽으로 옮기도록 했다.

그런 연후 화포의 포탄과 화약을 저장하는 창고를 방문했다.

화약의 질은 영변에서 보았던 화약과 비슷해 그리 뛰어나지 않았다.

불순물이 많은 흑색화약이어서 연기가 많은데다 위력마저 약했다.

이혼의 시선이 포탄을 쌓아놓은 수레로 향했다.

적이 공성하면 이 수레를 포안으로 옮겨 총통에 장전하는 식이다.

포탄의 종류는 생각보다 많았다.

가장 먼저 공처럼 생긴 포환(砲丸)이 눈에 들어왔다.

이런 포탄을 포환이라 부르는 이유는 포탄이 환(丸),

즉 둥근 공처럼 생겨 붙은 이름이다. 이 포환을 현대식 무기용어로 바꾸면 고체탄(固體彈)이었는데 말 그대로 포탄이 폭발하지 않는 고체였다.

이 고체탄은 처음에 돌로 만들었다가 나중에 쇠로 바뀌었다.

두 번째 종류는 작은 쇠구슬이었다.

산탄총처럼 이런 구슬을 포구에 잔뜩 집어넣어 발사하는 것이다.

이런 포탄을 조란환(鳥卵丸)이라 불렀다.

조란환이라는 이름에서 유추 가능하듯 새의 알처럼 생겼다.

천자처럼 큰 총통은 이걸 4백 개 넣어 근접한 적을 타격했다.

조란환을 만드는 데 들어가는 재료는 주로 납이나, 구리, 쇠였다.

마지막 세 번째는 대장군전(大將軍箭)이었다.

외형은 현대의 미사일처럼 생겼는데 본체는 나무를, 그리고 위와 아래에는 쇠를 대어 적의 시설물을 타격하는 용도로 사용한다.

이혼은 세 가지 종류의 포탄 중 포환과 조란환에 주목했다.

더욱이 조란환은 산탄총처럼 사용이 가능해 개조가 필

요 없었다.

다만, 포환은 개조가 필요했다.

포환과 같은 고체탄, 즉 무쇠덩이 포탄은 충돌하는 힘으로 인마를 살상하는데 효과가 크지 않아 해전에서보다는 활용성이 떨어진다.

해전에서는 배에 구멍을 내면 이기지만 육지는 달랐다.

육지는 큰 피해를 입혀도 다른 병사로 그 자리를 메울 수 있었다.

'왜군을 막을 강력한 포탄이 필요하다.'

이혼의 머리가 빠르게 돌아갔다.

이혼은 근위사단 군수참모 화포장 고상을 불렀다.

그 동안, 고상은 뇌홍 제조법을 배워 죽폭 제작하는 일을 맡았다.

"찾아계시옵니까?"

"이 포환을 표주박처럼 속이 비어있는 형태로 만들 방법이 있는가?"

잠시 고민하던 고상은 고개를 끄덕였다.

"가능한 줄 압니다."

"그럼 속을 파게. 그리고 위에는 이런 형태로 뚜껑을 만들어주게."

"예, 저하."

고상은 즉시 회령의 대장장이를 소집해 속이 빈 포환을 제작했다.

그 사이, 이혼은 물건을 하나 만들었다.

그건 바로 재래식 신관(信管)이었다.

먼저 구하기 쉬운 대나무를 구해 구멍을 뚫은 후 뇌홍을 넣었다.

그리고 이를 이용해 간단한 형태의 충격신관(衝擊信管)을 만들었다.

이는 임진왜란 와중에 화포장 이장손(李長孫)이 개발한 비격전천뢰(飛擊震天雷)보다 한 차원 높은 기술이었는데 비격진천뢰는 속을 비운 포환에 화약을 채운 후 재래식 지연신관으로 점화했다.

이 지연신관은 나무 목곡으로 만들었는데 목곡에 도화선을 많이 감을수록 늦게 터졌으며 적게 감으면 빠른 시간 내에 폭발했다.

용도, 목적에 따라 조절이 가능한 것이다.

비격진천뢰 발사에 사용하는 화포는 일종의 박격포인 대완구였다.

발사할 때는 먼저 비격진천뢰 심지에 불을 붙인 후 그 다음에 대완구에 넣어 발사하는데 지연신관이 있어 떨어진 후 바로 터지는 대신, 목곡에 감은 심지가 다 탈 동안 지연되다가 폭발했다.

이혼은 취미로 비격진천뢰를 연구한 적이 있어 구조에 해박했다.

그러나 그보다 고차원의 기술을 가진 그는 지연신관이 아니라, 충돌로 퓨즈가 터져 폭발하는 충격신관, 그리고 그 중에서 부딪치는 순간, 그 충격으로 폭발하는 순발신관(瞬發信管)을 제작했다.

물론, 이는 구조가 극히 단순한 재래식이었다.

현대의 순발신관처럼 정확하거나, 안전하지 않았다.

이혼은 몇 번의 시행착오와 실험을 통해 순발신관을 완성하였다.

먼저 이를 위해선 신관의 역할을 하는 부싯돌과 부시가 필요했다.

부싯돌은 석영의 한 종류로 금속으로 가격하면 불꽃을 생성했다.

강가에서 흔히 보는 차돌이 바로 이 부싯돌이었다.

또, 부시는 부싯돌을 쳐서 불꽃을 생성하는 도구로 금속이 많았다.

이혼은 부시로 쓸 철판을 만들어 안에 구멍을 뚫었다.

그리고 그 위에 부싯돌을 장착한 다음, 몇 번 쳐보았다.

다행히 뇌홍에 불을 붙일 수 있는 정도의 불꽃이 만들어졌다.

뇌홍은 불과 열에 약해 작은 불꽃에도 영향을 받아 폭발했다.

부싯돌과 부시 사이에 간격을 띄운 이혼은 그 주위에 뇌홍을 부은 후 몇 차례 실험을 해보았다. 다행히 부싯돌이 부시를 긁는 순간, 불꽃이 일어나 주위에 있는 뇌홍에 불이 붙는 걸 확인했다.

이혼은 이걸 기본으로 신관을 만들었다.

바로 포탄이 날아가 지면이나, 적의 시설물과 충돌하는 순간 폭발하는 순발신관이었는데 생각보다 효과가 좋아 마음에 썩 들었다.

신관은 이와 같이 포탄이나 미사일이 폭발하도록 만드는 장치였다.

그리고 뇌관(雷管)은 탄환이나, 포탄, 미사일을 추진하기 위해 만드는 장치로 탄환의 경우에는 공이가 가서 부딪치는 곳에 설치했다.

그 사이, 화포장 고상은 이혼의 지시대로 속이 빈 포환을 제작했다.

신관과 포환이 만들어지며 이제 준비는 끝났다.

이혼은 바로 포환 안에 작약과 작은 쇠구슬을 넣었다.

또, 부리라 불리는 포환 뚜껑에는 직접 만든 순발신관을 부착했다.

뚜껑과 포환의 결합이 중요해 신경 써서 만들었다.

'이 정도면 실험에 사용할 수 있을 거 같군.'

이제 시험용 포탄을 완성하였으니 실제 발사해볼 차례였다.

이혼은 회령성의 포수(砲手)를 모두 소집했다.

잠시 후, 50대로 보이는 초로의 사내가 모습을 드러냈다.

사내의 이름은 장산호(張山虎)였는데 회령 포수들의 우두머리였다.

절을 올린 장산호가 공손히 물었다.

"부르셨사옵니까?"

"지자총통에 포환을 장전해보게."

"예, 저하."

부하들을 부른 장산호가 지자총통에 포환을 장전했다.

지자총통은 두 번째로 큰 총통으로 전장은 90센티미터, 무게는 92킬로그램이었다. 그리고 대나무의 마디처럼 생긴 죽절(竹節)이 10개 있었으며 손잡이도 두 개 있어 두 사람이 운반 가능했다.

구경은 밖의 구경이 15.5센티미터, 안의 구경이 10.5센티미터였다.

이 말은 포신의 두께가 5센티미터라는 말이었다.

그리고 발사에 사용하는 화약의 양은 750그램이었으며 사정거리는 800보, 지금 단위로 계산하면 1킬로미터가 조금 넘는 거리다.

거치는 바퀴가 달린 나무수레에 했으며 발사할 때는 쇠사슬이나, 격목을 수레에 거치하여 발사할 때 생기는 반동을 억제하였다.

이혼은 지자총통을 본 경험이 두 번 있었다.

군사박물관에서 처음, 그리고 두 번째는 육군사관학교에서 보았다.

그래서 이번이 세 번째였는데 당연히 느낌이 달랐다.

이건 만든 지 불과 2, 30년 밖에 지나지 않은 쌩쌩한 현역이었다.

장산호는 엄숙한 얼굴로 포환을 장전했다.

그의 지시를 따라 움직이는 포수 역시 마찬가지였다.

이 시대의 포수는 적에게 당해 죽을 확률보다 포신불량으로 죽을 확률이 더 높은 위험직군이어서 당연히 모든 일이 조심스러웠다.

장산호는 먼저 걸레가 달린 마대자루를 포구 안에 넣어 청소했다.

포신에 있을지 모르는 오물과 잔류물을 없애기 위해서다.

그런 연후에 약선혈(藥線穴)에 심지를 밀어 넣었다.

약선혈은 도화선을 밀어 넣는 구멍으로 포신 맨 뒤에 있었다.

그 다음은 이제 화약과 포탄을 장전할 차례였다.

먼저 저울로 잰 화약 20냥, 지금 단위로는 750그램을

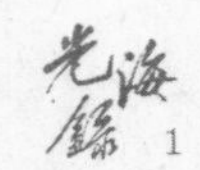

포구에 넣었다.

그리고 종이를 넣어 화약을 덮는데 그 다음은 다질 차례였다.

다지는 방법은 자루가 달린 둥그런 꽂을대를 총구에 넣는 거였다.

이 꽂을대로 꾹꾹 눌러 종이에 싼 화약을 다진 후에는 나무 격목을 넣었다. 그리고 다시 꽂을대로 격목을 마저 눌러 단단히 다졌다.

여기까지가 장약장전이었다.

이제 다음은 포탄을 장전할 차례였다.

포탄은 먼저 조란환이라 불리는 구슬을 이용하는데 납으로 만들어 중연자(中鉛子)라 불리는 중간 크기의 조란환 20개를 장전했다.

그리고 이어서 흙을 넣어 밀폐한 후 다시 중연자 20개를 넣었다.

이런 식으로 중연자 20개와 흙을 번갈아 넣어 두 번 더 반복해 중연자 60개를 장전하면 조란환 장전이 끝이 났다. 이 다음은 구경에 맞는 포환을 장전하는데 이렇게 하면 장전이 모두 끝났다.

즉, 화약과 종이, 격목을 차례대로 넣은 후 다시 중연자를 20개씩 나누어 장전하여 흙으로 덮은 다음, 마지막에 포환을 장전했다.

이마의 땀을 닦은 장산호가 아뢰었다.

"이제 방포(放砲)만이 남았습니다."

"방포하게."

"예, 저하."

장산호는 불을 붙인 점화봉(點火棒)을 가져오더니 주위에 경고했다.

"방포!"

우렁찬 목소리가 성첩을 지나 성루까지 퍼져가는 순간.

장산호가 급히 장전봉으로 약선혈에 끼워둔 심지에 불을 붙였다.

치익!

화약을 물에 개어 적신 심지가 타들어가며 하얀 연기가 피어올랐다.

그리고 그 순간.

퍼엉!

귀를 찢는 포성이 들리더니 지자총통이 부서질 거처럼 튀어 올랐다.

철컹!

다행히 지자총통을 거치한 포차(砲車)에 쇠사슬을 미리 감아두어 뒤로 튀어나가는 일은 피했는데 아찔한 순간이 아닐 수 없었다.

이혼의 시선이 급히 정면으로 향했다.

포구 제일 앞에 장전한 포환은 2, 3백 미터를 날아 바닥에 떨어졌다.

그리고 그 뒤에 장전한 중연자 60개는 5십여 미터 앞에 탄막을 치듯 날아가 대지에 내리는 한때의 소나기처럼 그 주변을 휩쓸었다.

위력은 괜찮아보였다.

다만, 장전시간이 너무 긴 게 문제였다.

화약에 종이와 흙, 격목, 포환을 채우는데 상당한 시간이 걸렸다.

이래서는 교전할 때 몇 번 발사하기 어려워 보였다.

이혼은 이번에 만든 신형 포탄을 장산호에게 건넸다.

"시험용으로 만들어 본건데 한 번 발사해보게."

"예, 저하."

장산호는 소제봉(掃除棒)으로 포를 발사한 포신을 청소했다.

그런 후 심지와 화약, 종이를 넣은 다음, 그 위에 나무격목을 넣었다.

장산호가 이어서 조란환을 장전하려 하자 이혼은 고개를 저었다.

"그냥 포탄만으로 발사해보게. 아, 그리고 장전할 때 뚜껑은 건들지 말게. 뚜껑에 신관이 있어 잘못 누르면 폭발할 위험이 있네."

"명심하겠습니다."

이혼의 말에 고개를 갸웃한 장산호는 신형 포탄을 넣더니 장전봉(裝塡棒)으로 눌러 포탄이 나무 격목 위에 안착하도록 만들었다.

"끝났습니다!"

"시험용으로 개발한 포탄이어서 무슨 일이 생길지 모르니 점화봉으로 점화하는 대신에 멀리 떨어져서 도화선으로 발사를 해보게."

이혼의 말에 장산호는 심지를 길게 늘어트려서 성첩 뒤로 물러났다.

"방포!"

소리친 장산호가 심지에 불을 붙이더니 재빨리 몸을 돌렸다.

잠시 후, 심지를 태워가던 불꽃이 포신에 스며들어 자취를 감추었다.

콰아앙!

포성이 아닌, 폭발음이 들리며 지자총통이 폭발했다.

파파팍!

총통의 파편이 날카로운 칼날처럼 사방으로 날아갔다.

장산호는 성첩 주위에 박혀있는 파편을 보더니 침을 꿀꺽 삼켰다.

이혼의 말대로 하지 않았으면 지금 그는 이 세상 사람이 아니었다.

흑색화약의 연기가 성첩에 머물렀다가 바람과 함께 사라졌다.

현장을 확인한 이혼은 고개를 저었다.

지자총통의 포신이 나팔꽃처럼 사방으로 벌어져있었다.

이혼은 부서진 총통과 사방으로 날아간 파편을 검사했다.

폭발한 이유는 뇌홍을 넣은 순발신관에 있었다.

'내가 너무 얕보았나보구나. 이대로는 위험해……. 역시 조금 더 정교하게 만들지 않으면 실전에서 사용하기 어렵겠어. 시간이 부족한데 비격진천뢰처럼 간단한 지연신관을 이용하는 게 나을까?'

이혼은 정찰중대장 강문우의 소식을 기다렸다.

그 날 저녁, 강문우가 돌아와 정찰결과를 보고했다.

"왜군은 두 갈래로 나뉘어 가토라는 왜장이 지휘하는 부대는 백두산으로, 그리고 나머지 부대는 이곳 회령성으로 오는 중입니다."

"가토가 백두산으로 갔다는 말인가?"

"예, 저하. 가토는 북쪽으로 올라오면서 산이란 산에는 모두 왜군을 풀어 호랑이를 사냥 중이었는데 백두산에 호랑이가 많다는 소문을 들었는지 이곳 회령에는 자기 부하를 보내려는 모양입니다."

이혼은 급히 기억을 더듬어보았다.

'가토는 역사대로 두만강을 도하해 만주로 가는 건가.'

가토 기요마사가 조선군을 가벼이 여기지 않았으면 회령에 부하를 보낼 리 없었다. 그러나 연이은 대승에 접전이라고는 치러보지 않은 가토 기요마사는 긴장이 풀어져 있는지 부하를 보냈다.

'고니시 유키나카가 평양성에 발이 묶여 있는 동안, 가토는 만주에 들어가 공을 세우려는 모양이군. 도요토미 히데요시가 이번 전쟁을 일으키며 내세운 명분이 명정가도(明征假道), 즉 명을 치러가기 위해 조선 땅을 빌려달라는 거였으니 가토는 히데요시의 명을 수행하고 있음이다. 물론, 그 결과는 기대와 다르겠지만.'

잠시 시간을 번 이혼은 실패한 신형 포탄을 개선했다.

먼저 발사할 때 신형 포탄의 뚜껑과 본체가 서로 잘 맞물려 벌어지지 않도록 뚜껑의 밑 부분을 나사형태로 만들어 다시 끼웠다.

그리고 포탄 하부에 나무격목을 아예 처음부터 부착해 격목을 넣은 후 포탄을 장전하는 대신, 포탄격목일체형으로 새로 제작했다.

격목을 넣는 이유는 가스가 새지 않도록 만들기 위해서였다.

화약에 불이 붙으면 가스를 만들어내는데 이 가스로 무

거운 포탄을 추진해 적에게 쏘아낸다. 한데 이 가스가 새어나가면 추진력이 약해 유효사거리보다 훨씬 빨리 바닥에 떨어지는 결과가 나왔다.

이혼의 실험을 다들 우려하는 기색으로 바라보았다.

그들은 많지 않은 지자총통을 이혼이 다 부셔먹을 거라 생각했다.

그러나 이혼은 물러서지 않았다.

강력한 왜군을 상대하려면 무기에서 압도해야했다.

그렇지 않으면 회령성에 시체가 산을 이룰 것이다.

이혼은 신형 포탄을 장산호에게 주어 다시 한 번 시험발사에 나섰다.

퍼엉!

이번에는 폭발하는 대신에 제대로 날아가 떨어졌다.

한데 안에 장착한 순발신관이 제대로 작동하지 않았는지 땅을 물수제비처럼 몇 번 구르더니 이내 멈춰 더 이상 움직이지 않았다.

포탄에 신관과 쇠구슬을 넣은 효과가 전혀 없었다.

그저 쓸모없는 고체탄 중 하나일 뿐이었다.

차라리 조란환과 포환을 장전하는 게 훨씬 더 위력적이었다.

이혼은 불발탄을 제거하기 위해 죽폭을 던져 신형 포탄을 터트렸다.

퍼엉!

굉음과 함께 신형 포탄이 터져 사방으로 쇠구슬이 날았다.

이는 신관에 문제가 있을 뿐이지, 구조에는 문제없다는 말이었다.

이혼은 다시 순발신관을 보수했다.

도구가 마땅치 않아 고상과 회령성 대장장이들의 도움을 받았다.

무척 위험한 작업이어서 신관을 다룰 때는 옷이 땀으로 흠뻑 젖었다.

신관에 든 뇌홍을 잘못 다루면 손목이 날아가는 부상으로 그치면 그나마 다행이고 심할 경우에는 화상을 입어 목숨이 위험했다.

이혼은 이 신형 포탄에 운명을 걸었다.

그가 그 동안 쌓은 경험과 지식을 이 포탄을 개조하는데 사용했다.

압박감이 장난 아니었다.

논문 제출기간이 얼마 남지 않았을 때도, 수험생일 때도, 국방부가 새로운 미사일에 대해 압박을 가해올 때도 이렇지는 않았다.

지금은 목숨이 달린 문제였다.

더구나 그 혼자의 목숨이 아니라, 수천 명의 목숨이 달린 문제다.

어떻게든, 무슨 수를 쓰든 반드시 성공해야했다.

그 날 저녁, 모든 문제를 처리한 이혼은 쓰러지듯 뒤로 넘어갔다.

정신이 몽롱했다.

어디에 있는지, 지금 무슨 일을 하는 중인지 잃어버릴 지경이었다.

"저하!"

허준이 급히 달려와 진맥하려는 순간.

덜컹!

연구실 문이 열리며 영의정 최흥원이 들어왔다.

"저하, 왜적의 대군이 남문으로 몰려오는 중이옵니다!"

이혼은 찬물을 뒤집어 쓴 거처럼 으슬으슬한 한기를 느꼈다.

'드디어 왔구나.'

이혼은 허준의 부축을 받으며 일어났다.

5장. 회령전투(會寧戰鬪)

5장. 회령전투(會寧戰鬪)

이혼은 고상을 불러 명했다.

"내가 만든 신형 포탄을 최대한 많이 만들어두게. 옆에서 같이 만들었으니 어떻게 만드는지 알 거라 믿네. 그럼 모두 수고하게."

이혼은 시제품과 함께 남문으로 달려갔다.

이미 남문을 포함한 성벽에는 근위사단 병사들이 대기 중이었다.

성루에 도착한 이혼은 성첩 밖으로 고개를 내밀었다.

옆에 있는 신료와 장수들이 위험하다며 말렸지만 소용이 없었다.

왜군은 회령성으로 들어오는 남쪽 들판에 진채를 막 세

운 후였다.

그들이 만든 먼지가 구름을 만들어 자세히는 보지 못했다.

다만, 왜군의 기치 수백 개가 바람에 나부끼는 건 나름 장관이었다.

일종의 내란인 전국시대를 100년 가까이 치른 왜국은 가문과 군대의 소속을 표시하는 깃발, 즉 기치(旗幟)가 상당히 발달해 있었다.

생김새, 그리고 갑옷과 무기가 모두 비슷하다면 아군을 적으로 오인하는 경우가 무척 잦아 이를 구분하기 위해 깃발을 이용했다.

깃발의 종류는 몇 가지나 되었다.

먼저 영주나, 대장의 현재 위치를 알려주는 우마지루시가 있었다.

그리고 군대의 소속을 알려주는 하타지루시가 있었다.

또, 작은 깃발로 등 뒤에 꽂아 사용하는 사시모노도 있었다.

이혼은 깃발에 그려진 그림을 살펴보았다.

흰색 바탕에 검은색 꽃잎을 그린 군기가 도처에 펄럭였다.

'나베시마 나오시게의 군기인 거 같군.'

나베시마 나오시게는 가토가 지휘하는 2번대에 속해 있

는 영주로 큐슈에 35만석에 이르는 영지를 소유한 중간규모의 다이묘였다.

그는 소유한 영지가 가토 기요마사보다 오히려 많았는데 데려온 병력도 1만 2천으로 1만 명을 동원한 가토 기요마사보다 많았다.

동원한 병력으로 보면 당연히 그가 2번대의 대장이 되어야했는데 가토 기요마사는 이른바 '시즈가타케의 칠본창(七本槍)' 중 하나로 도요토미 히데요시의 측근시동으로 출세한 자여서 히데요시는 나베시마 나오시게가 아닌, 가토 기요마사에게 대장을 맡겼다.

시즈가타케의 칠본창이란 오다 노부나가가 죽은 후 오다가문의 필두 가신이었던 시바타 가쓰이에와 도요토미 히데요시가 그 유산을 차지하기 위해 싸운 일전으로 히데요시가 이겨 천하를 잡았는데 이 전투에서 활약한 히데요시의 근위시동을 가리키는 말이다.

말 그대로 가토 기요마사가 히데요시의 측근이란 의미였다.

잠시 후, 진채를 다 세웠는지 먼지가 가라앉으며 선명히 드러났다.

"아!"

성루에서 지켜보던 대신과 장수들이 너나할 거 없이 탄식을 토했다.

어림잡아도 1만이 넘는 정병이었다.

사기가 떨어지면 싸우기 전에 지는 법.

이혼은 마음속의 불안감을 떨치기 위해 큰 소리로 고함을 질렀다.

"겁을 먹을 필요 없다! 우리에게는 난공불락의 성과 일당백의 북도 용사들이 있다! 왜놈들에게서 백성을 지키자! 영토를 수호하자!"

"와아아!"

병사들이 함성을 질렀다.

그러나 그뿐이다.

함성은 곧 공허 속으로 사라진다.

그리고 그 자리에 무력감과 두려움이 찾아든다.

성문 방어를 맡은 근위사단 1연대 연대장 유경천이 명했다.

"화포에는 조란환과 포환을 장전해둬라! 끓는 물과 기름은?"

"준비를 마쳤습니다!"

유경천의 명에 병사들이 움직이며 적을 맞을 준비에 나섰다.

적이 대군이라 해서 목을 내민 채 죽어줄 수는 없는 노릇이었다.

오히려 바쁘게 움직일수록 잡생각을 잊어 좋았다.

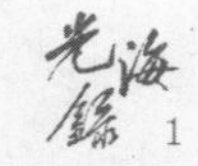

유경천의 목소리가 쩌렁쩌렁 울렸다.

"화살을 충분히 채워둬라! 그리고 포수들은 재장전할 준비를 해라!"

"옛!"

병사들이 부산스레 움직일 무렵.

두두두!

천지가 흔들리는 거 같은 음향이 들리더니 뿌연 먼지가 일어났다.

왜군이 진격을 시작한 것이다.

"적이 온다! 모두 준비해라!"

유경천은 성벽을 뛰어다니며 병사들에게 지킬 구역을 배정해주었다.

그리고 얼마 지나지 않아 먼지구름 속에서 왜군이 모습을 드러냈다.

"조, 조총입니다!"

누군가 외치는 순간.

탕탕탕!

총성 수백 발이 거의 동시에 울리며 화약 연기가 하늘을 가렸다.

초조한 표정으로 적의 진격을 지켜보던 이혼은 누군가 밀치는 느낌을 받으며 바닥에 쓰러졌는데 차가운 성벽이 싸늘히 다가왔다.

그를 바닥으로 밀친 익위사 기영도가 소리를 질렀다.

"위험하옵니다!"

조총의 탄환이 성첩을 때리며 돌가루가 사방으로 날았다.

이혼을 보호하던 기영도 역시 뺨에 상처를 입었는지 피를 흘렸다.

"으아악!"

"크아아!"

여기저기서 비명소리가 들리며 병사들이 뒤로 자빠졌다.

이혼은 귀를 틀어막은 채 몸을 자라처럼 웅크렸다.

미치도록 길었던 조총의 사격이 끝난 후에는 화살이 날아들었다.

기영도는 창고에서 꺼내왔는지 방패를 앞에 세워 화살을 막았다.

푹!

방패에 박힌 화살이 부르르 떨린다.

그때, 유경천의 목소리가 아련하게 들려온다.

"화살을 쏴라! 화살의 사거리는 우리가 더 길다!"

유경천의 명에 1연대의 궁병들이 활시위를 바삐 당기기 시작했다.

"전, 전장을 봐야겠다."

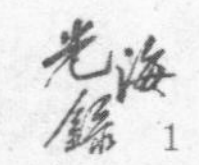

기영도가 말렸다.

"아직 위험하옵니다!"

"방패로 가리면 된다."

이혼은 고개를 저으며 일어나서 방패로 몸을 가려 화살을 막았다.

"그럼 이걸로 보십시오."

기영도가 방패에 달려 있는 구멍을 열었다.

구멍이 작기는 해도 전장의 상황은 한눈에 보였다.

조총과 활로 일제 공격을 퍼부은 왜군은 어느새 성문 코앞에 이르러 대나무를 엮어 만든 방패를 세우더니 그 뒤에서 총을 쏘았다.

아군도 활로 반격했는데 대부분 대나무방패에 가서 박혔다.

왜군의 조총 사격에 아군이 머리를 들지 못하는 사이.

"와아아아!"

함성을 지른 왜군 수백 명이 사다리를 성벽에 걸었다.

공성(攻城)에 자신 있는지 그들은 원숭이처럼 재빨리 기어 올라왔다.

심지어 한쪽에서는 이미 왜군이 성첩을 넘는 중이었다.

처음 올라온 자들은 갑옷과 투구를 다 갖춘 왜군이었다.

그들은 주로 왜도를 휘둘렀는데 칼이 날카로우며 행동 역시 날랬다.

더욱이 죽음을 두려워하지 않는 듯 포위당해도 물러서지 않았다.

이혼은 성루 위에서 지휘하는 유경천을 보며 이호의에게 물었다.

"왜 화포를 쏘지 않는 건가?"

이호의는 근위사단 본부연대장으로 이혼을 대신하여 전황을 감독하는 역할과 더불어 물자를 보급하는 임무를 수행하는 중이었다.

이호의가 전황을 살펴보며 대답했다.

"지금 쳐들어온 놈들은 선봉입니다! 만약, 지금 화포를 발사하면 나중에 쳐들어온 본대에 발사할 화약과 포탄이 모자라게 됩니다!"

그때, 유경천이 지휘봉을 휘두르며 소리쳤다.

"사다리를 치워라! 그리고 올라온 적은 포위해 쓰러트려라!"

유경천의 지시에 병사 몇 명이 장대로 사다리를 밀어 넘어트렸다.

쿵쿵!

사다리를 올라오던 왜군 10여 명이 바닥으로 떨어졌다.

퇴로가 사라진 왜군은 하나둘 포위당하다가 창에 찔려 쓰러졌다.

아무리 용감해도 한 사람이 열 사람을 감당하지 못했다.

그런 공격이 몇 차례 더 이어지며 서로 피해를 입었다.

물론, 왜군의 피해가 더 컸지만 아군의 피해도 만만치 않았다.

아군의 피해는 대부분 대나무방패 뒤에 숨어 쏘는 조총에 당한 피해였는데 아군은 바로 화살촉에 헝겊을 말아서 기름을 적셨다.

"놈들의 대나무방패를 태워버려라!"

곧 아군 궁병이 발사한 불화살이 대나무방패에 박혔다.

그러나 왜군도 이런 일에 대비했는지 생각보다 불이 잘 붙지 않았다.

이혼은 답답한 마음에 이호의를 불렀다.

"1연대에 죽폭을 나누어주게!"

"보충분이 별로 없어 지금 사용하면 나중에 사용할 게 없습니다!"

"일단은 희생을 줄이는 게 중요하네."

"알겠습니다."

이호의는 본부연대병사들에게 죽폭을 나누어주었다.

"이걸 1연대에 나누어준 후 사용하는 방법을 알려주어라!"

"예!"

본부연대병사들은 이내 성벽을 돌며 1연대에 죽폭을 나눠주었다.

잠시 후, 불이 붙은 죽폭이 대나무방패에 날아갔다.

펑!

폭음이 일며 대나무방패에 불이 붙었다.

그리고 죽폭에서 비산한 쇳조각이 숨어있는 왜군마저 쓰러트렸다.

대나무방패를 없앤 아군은 도망치는 왜군 조총병에게 화살을 쏘았다.

죽폭을 사용한 후 아군은 상승세를 탔다.

그리고 얼마 지나지 않아 왜군 선봉 1천여 명이 반으로 팍 줄었다.

몇 시간 동안 공성한 왜군은 저녁이 되자 이내 본대로 돌아갔다.

횃불이 없어 더 이상 싸우기는 무리였다.

이혼은 멀어지는 왜군 선봉을 보며 다리가 후들거렸다.

칼을 휘두르거나, 활을 발사한 건 아니지만 심력의 소비가 지대했다.

그렇다고 마냥 쉬고 있을 수는 없었다.

"군의관은 부상병을 의원으로 옮겨 상세를 살피고 전사자들은 한곳에 안치해두게. 그리고 본부연대는 군량을 지어 나누어주게."

명을 받은 허준과 이호의는 급히 성벽을 내려갔다.

잠시 후, 이혼은 보고를 위해 찾아온 유경천에게 물었다.

"피해가 얼마나 되는가?"

"전사자는 4, 50명입니다만 부상자가 많은 듯합니다."

"1연대는 2연대와 교대하도록 하게."

유경천은 단호한 얼굴로 고개를 저었다.

"1연대는 아직 더 싸울 수 있습니다. 허락해주시옵소서."

"밥을 먹어야하니 내 말대로 하게."

"예, 저하……."

하루 종일 식은 주먹밥 한 덩이 먹은 게 다여서 곧 성벽을 내려와 2연대와 교대했다. 이제 성문은 2연대장 정문부의 소관이었다.

이혼은 물에 만 밥에 짠지를 올려 간을 맞춘 후 물을 마시듯 삼켰다.

뱃속에 밥이 들어가자 정신이 조금 돌아왔다.

"적이 야간에 기습해올 거 같은가?"

이혼의 질문에 정문부가 심각한 얼굴로 고개를 끄덕였다.

"밤에 화공(火攻)을 쓸 거 같습니다."

"화공을?"

"예, 저하. 놈들은 필요 없는 성은 아예 태워버린다고 들었습니다."

"그럼 그에 대한 준비를 해둬야겠군."

이혼은 병사와 백성들에게 일러 불을 끌 준비를 하도록 했다.

그 날 저녁, 초승달이 어슴푸레한 빛을 뿌리기 시작할 때였다.

꾸벅꾸벅 졸던 병사들은 하늘을 가르는 불화살 세례에 잠이 깼다.

화르륵!

불화살이 성루에 박히며 불똥을 사방으로 토해냈다.

다행히 병사들은 이미 화공에 대비해 불을 끌 준비를 마쳤다.

"물을 부어라!"

정문부의 명에 병사들은 불화살을 뽑아낸 자리에 물을 끼얹었다.

성 안으로 날아든 불화살은 물경 수백 개에 이르렀으나 백성의 민가 몇 채를 태운 피해 외에는 회령성에 큰 피해를 주지 못했다.

"안심하지 마라. 적이 안심한 틈을 타 기습해올지 모른다."

정문부가 성벽을 돌며 경각심을 일깨웠다.

그러나 다행히 그 날 밤은 아무 일 없이 지나갔다.

다음 날 아침, 병사들은 백성이 지어온 밥으로 급히 아침을 때웠다.

한데 그 아침을 채 소화하기 전에 왜군이 진격을 개시했다.

동쪽 하늘에서 붉은 해가 떠오르는 가운데 뿌연 먼지를 일으키며 전진해오는 왜군의 모습은 보는 이들을 두렵게 만들기 충분했다.

본부연대장 이호의가 성첩에 뚫린 구멍으로 바라보다가 고함쳤다.

"왜군이 전부 몰려오는 모양입니다!"

밤에 자다 깨다 반복한 이혼은 찬물을 쓴 듯 정신이 번쩍 들었다.

"3연대도 올라와서 남문의 성벽을 같이 방어하라! 그리고 1연대와 5연대는 성문 뒤에서 대기하며 성문이 부서질 경우에 대비하라!"

이혼의 명은 본부연대에 속한 전령들을 통해 사방으로 전해졌다.

곧 3연대장 종성부사 정현룡이 올라와 남문 왼쪽에 자리했다.

이제 성문 위에 있는 성루는 본부연대, 성문 오른쪽은 2연대, 성문 왼쪽은 3연대가 각각 주둔하며 왜군의 본대를 상대하게 되었다.

왜군은 무작정 돌진하지 않았다.

먼저 대나무방패를 앞세워 거리를 빠르게 좁혀왔다.

그런 후 대나무방패를 세우더니 그 뒤에서 조총과 활을 발사했다.

탕탕탕!

조총의 탄환과 화살이 비 오듯 쏟아지며 성벽을 두들겼다.

푹!

성첩에서 화살을 발사하던 본부연대 병사가 탄환에 맞아 쓰러졌다.

근처에 있던 다른 병사들이 쓰러진 병사를 성 밑으로 옮겼다.

성루에 있던 이혼은 그 모습을 보다가 입술을 깨물었다.

방금 쓰러진 병사는 영변에서부터 고난의 행군을 같이 한 병사였다.

'영변에 노모와 아내가 있다는 말을 들었는데…….'

그러나 감상에 빠져 있을 틈이 없었다.

왜군은 본격적으로 공성에 나서 전처럼 사다리 수십 개를 전 성벽에 걸쳐 검과 동시에 공성병기(攻城兵器) 충차(衝車)를 동원했다.

충차는 위에 지붕처럼 방수물질을 바른 지붕을 얹었다.

그리고 그 밑에 종루에 종을 달듯이 커다란 나무 말뚝을 달았는데 뾰족한 부분 앞에 쇠 징을 박아 때리는 힘과 강도를 높였다.

충차의 나무 말뚝을 그네처럼 흔들어 치는 순간.

쿵!

나무로 만든 성문이 크게 흔들리더니 실금이 갔다.

성루의 수비는 본부연대가 맡아 이호의가 바로 명을 내렸다.

"성문을 부서지게 해선 안 된다! 죽폭을 던져라!"

잠시 후, 불이 붙은 죽폭이 충차를 향해 날아갔다.

펑펑펑!

여기저기서 폭음이 울리며 충차를 조정하던 왜군이 쓰러졌다.

죽폭과 같은 원시적인 형태의 수류탄은 이미 몽골제국부터 사용하기 시작해 중국에서는 진천뢰(振天雷)라는 이름으로 불리었다.

물론, 진천뢰에는 뇌홍으로 만든 신관이 없었다.

왜군은 곧장 병력을 충원해 충차를 다시 움직였다.

그러면 아군은 죽폭을 던져 충차를 조정하는 왜군을 쓰러트렸다.

성문에서 일진일퇴의 공방이 벌어질 무렵.

왜군 수천 명이 성문 오른쪽에 있는 2연대를 공격했다.

조총과 화살이 비 오듯 날더니 사다리가 수십 개가 걸렸다.

그리고 그 사다리에 왜군 수백 명이 개미처럼 붙어 기어 올라왔다.

2연대장 정문부는 때가 왔음을 직감했다.

"화포를 쏴라!"

명이 떨어지는 순간.

초조한 표정으로 대기하던 포수들이 달려와 장전해둔 화포를 앞으로 밀었다. 평소에는 안전하게 빼두었다가 공격할 때 사용했다.

총통을 포차라 불리는 수레에 거치해놓아 이동이 가능했다.

포수들은 이미 어제 조란환 60개와 포환 하나를 장전해둔 상태였다.

"방포!"

소리친 장산호가 점화봉에 불을 붙여 심지에 대었다.

치이익!

불이 붙은 심지가 빠르게 타더니 약선혈로 스며들었다.

펴어엉!

귀를 먹먹하게 하는 포성이 터지며 가장 먼저 포환이 날았다.

그리고 그 뒤를 3단으로 장전해둔 조란환 60개가 사방으로 날았다.

마치 산탄총을 발사한 거와 같은 모습이었다.

발사한 조란환 종류는 중간 크기로 납으로 만들어 중연

자라 불리는데 성벽 앞에서 클레이모어처럼 날아가 수십 명을 쓰러트렸다.

펑펑펑!

이어 다른 포대에서도 화포를 발사했는지 하얀 연기가 치솟았다.

왜군은 지자총통과 조란환 위력에 잠시 움찔했다.

순식간에 수십 명이 죽거나, 부상당했으니 당연한 결과다.

그러나 포성이 더 들리지 않자 다시 사다리를 기어오르기 시작했다.

장산호가 포차를 안으로 당기며 고함을 질렀다.

"장전을 서둘러라!"

포수들의 우두머리인 장산호의 명에 포수들은 바람처럼 움직였다.

그러나 장전에 시간이 많이 걸려 왜군에게 여유를 주었다.

정문부가 돌아다니며 고함을 질렀다.

"어서 사다리를 밀어내라!"

병사들은 장대로 왜군이 기어 올라오는 사다리를 밀어냈다.

휘이익!

넘어간 사다리가 떨어지며 기어오르던 왜군 수십 명이

피를 쏟았다.

사다리가 몇 개 넘어간 후 왜군은 방법을 바꿨다.

대형 사다리를 가져와 성벽에 걸쳐놓더니 이내 오르기 시작했다.

2연대 병사들은 장대로 밀어보았지만 무거워서 움직이지 않았다.

사다리가 지닌 무게도 무겁거니와 그 위에 사람마저 수십 명 달라붙어 있으니 웬만한 힘이 아니고서는 사다리를 밀어내지 못했다.

정문부가 지휘봉을 흔들었다.

"물과 기름을 부어라!"

병사들은 곧 미리 준비한 끓는 물과 기름을 왜군 머리에 부었다.

"으아악!"

비명 소리는 왜군도 별로 다르지 않았다.

사다리를 기어오르다가 펄펄 끓는 물을 온 몸에 뒤집어쓴 왜군이 비명을 지르며 떨어져 바닥을 구르다가 이내 움직임을 멈췄다.

"횟가루를 뿌려라!"

정문부의 지시는 물이 흐르듯 이어졌다.

병사들은 다시 포대를 칼로 찢어 횟가루를 공중에 뿌렸다.

"크아악!"

눈에 횟가루가 들어간 왜군 수십 명이 바닥으로 떨어졌다.

전황은 1시간 이상 팽팽하게 이어졌다.

아군은 왜군의 조총병과 궁병이 쏜 원거리 무기에 당해 쓰러졌다.

그리고 왜군은 성벽을 오르다가 큰 피해를 입었다.

성문 오른쪽 성벽에서 큰 피해를 입은 왜군은 주공 방향을 바꿨다.

이번에는 3연대가 지키는 왼쪽 성벽을 노렸다.

더구나 이번 공격의 선봉에 선 왜군은 영주의 직속 부하였다.

이들은 영주의 가신이며 사무라이라 불렀다.

왜군 중 가장 높은 비율을 차지하는 병사는 아시가루였다.

이들 아시가루는 영지의 농민병이며 평소에는 농사를 짓다가 영주가 부르면 갑옷과 무기 등을 들고 합류해서 영주를 위해 싸웠다.

그리고 그 아시가루 위에 사무라이가 있었다.

사무라이는 아시가루에 비해 수는 현격히 적은 대신, 영주의 가신으로 영주의 재산을 지키거나, 전투에서 아시가루를 지휘하였다.

농민병인 아시가루는 무장이 가벼웠지만 이들 사무라이

는 대부분 제대로 만든 갑옷과 투구를 걸쳤으며 가장 좋은 무기를 착용했다.

왜군도 본격적으로 주력이 나선 상황이었다.

"막아라! 놈들이 성벽으로 올라오지 못하게 해야 한다!"

3연대장 정현룡은 소리를 지르며 성벽 위를 뛰어다녔다.

타앙!

그때, 성벽 밑에서 날아온 탄환에 정현룡이 어깨를 맞아 쓰러졌다.

"연대장님이 흉탄에 맞았다!"

소리친 병사들은 정현룡을 업어 급히 군의관에게 데려갔다.

마침 성벽에 대기하던 허준이 먼저 정현룡의 상처를 살펴보았다.

정현룡은 두정갑(頭釘甲)을 착용했다.

갑옷의 일종인 두정갑은 옷 안에 작은 철판들을 댄 다음, 옷 밖에 지금의 리벳과 같은 짧은 못으로 때려 박아 고정한 갑옷이었다.

겉으로 보면 두꺼운 가죽옷에 쇠 징을 박은 거처럼 보이지만 실상은 옷 안에 철판을 조밀하게 붙여 방어력을 높인 좋은 갑옷이다.

다른 병사의 도움을 받아 상처를 살핀 허준이 안도했다.

"탄환이 다행히 살을 크게 파고들지 않았소이다."

그 말에 부하의 부축을 받아 일어난 정현룡은 칼을 다시 집었다.

"치료는 나중에 다시 받겠소."

정현룡은 다시 성벽으로 달려갔다.

그러나 그 사이 왜군은 3연대 방어를 돌파해 성벽에 당도해 있었다.

곧 아군과 적군 사이에 백병전이 벌어졌다.

왜군은 창과 칼을 휘둘렀으며 아군은 창을 사용해 이를 막아냈다.

그러나 백병전에서는 확실히 왜군이 유리했다.

백년에 걸쳐 백병전을 해온 왜군의 경험을 아군이 따라가지 못했다.

사무라이가 뚫은 곳으로 아시가루가 올라오며 왜군 수가 늘었다.

"물러서지 마라! 물러서면 죽음 밖에 없다!"

정현룡이 피를 토해가며 독려했으나 왜군의 기세를 꺾지 못했다.

왼쪽 성벽이 거의 점령당하는 순간.

"3연대를 도와라!"

본부연대 1대대장 최자립이 달려와 3연대를 도왔다.

이는 성벽을 빼앗길 뻔했던 3연대에게는 가뭄의 단비와 다름없었다.

3연대와 본부연대는 힘을 합쳐 다시 왜군을 몰아냈다.

혼자가 힘들면 두 명이 힙을 합쳤다.

그리고 두 명이 힘들면 세 명이 에워싸 왜군 몸에 구멍을 뚫었다.

특히, 1대대장 최자립은 무예가 아주 출중했다.

최자립은 선조가 그 무예를 보더니 자기 호종에 동행시켰을 만큼 일신 무예가 출중했다. 그 중에서 힘은 타의 추종을 불허했다.

커다란 대도를 두 손으로 잡아 휘두르는 순간.

콰앙!

체구가 작은 왜군은 힘에 부쳐 성벽으로 밀려났다.

그 순간, 최자립이 번개같이 달려가 그를 밖으로 떨어트려버렸다.

본부연대의 도움으로 왼쪽 성벽은 다시 활기를 찾았다.

한데 정작 본부연대가 방어하던 남쪽 성루는 위기에 봉착해 있었다.

쿠우웅!

왜군의 충차가 기세를 발하더니 이내 성문에 커다란 구멍을 뚫었다.

이혼은 급히 성루 안으로 달려가 몸을 내밀었다.

"얼마나 버틸 거 같은가?"

성문 뒤에서 5연대와 대기하던 국경인이 대답했다.

"얼마 버티지 못할 거 같습니다!"

이혼은 이호의에게 남은 죽폭을 모아오게 했다.

잠시 후, 그 앞에 10여 개의 죽폭이 모였다.

이혼은 그걸 한데 묶은 후 심지를 꼬아 한데 합쳤다.

"심지에 불을 붙여서 이걸 충차 밑에 투척하게!"

"예!"

이호의가 바로 죽폭다발에 불을 붙여 성문 밑으로 던졌다.

이내 콰앙하는 폭음이 울리더니 화염이 성루 지붕까지 치솟았다.

그리고 그 안에 있던 충차는 마침내 불이 붙어 타오르기 시작했다.

당연히 충차를 움직이던 왜군은 살아나오지 못했다.

주력을 투입한 왼쪽에 이어 성문의 충차마저 실패한 왜군은 잠시 전열을 가다듬었다가 다시 오른쪽에 있는 2연대를 공격해왔다.

수천 명에 이르는 왜군이 미친 듯이 사다리를 이용해 기어오르니 왜군에 비해 수가 형편없이 적은 2연대는 바로 위기에 봉착했다.

장산호가 다시 포차를 성벽으로 밀었다.

"방포하라!"

퍼엉!

포성이 울리더니 포환이 날아가 왜군 진영 가운델 갈랐다.

그리고 이어 조란환 60발이 산탄처럼 퍼져 일대를 휩쓸었다.

전에는 화포공격에 놀란 왜군이 움찔해 물러섰는데 지금은 오히려 더 강한 기세로 활과 조총을 쏘며 성벽을 기어오르기 시작했다.

이미 두 시간 가까이 싸운 아군은 물 먹은 솜처럼 지쳤다.

반면, 왜군은 돌아가며 차륜전을 쓰다 보니 체력에 여유가 있었다.

더구나 기름과 끓는 물, 그리고 횟가루와 같은 무기를 모두 소비해 왜군을 막을 무기는 화살과 시간이 걸리는 화포 밖에 없었다.

생생한 체력을 지닌 왜군은 결국 성벽을 올라와 2연대를 뚫었다.

"으악!"

피를 흘리며 쓰러지는 부하를 본 정문부가 창을 들고 직접 나섰다.

제식용으로 지급받은 환도(環刀)가 있었지만 길이가 짧

아 적을 공격하기 보다는 자기 몸을 방어하거나, 자결하는 용도로 사용했다.

곧 성벽 여기저기에서 백병전이 펼쳐졌다.

정문부가 있는 왼쪽은 그런대로 버틴 반면, 오른쪽은 계속 뚫렸다.

급기야 한쪽이 무너지며 성루를 지키는 본부연대 측면이 드러났다.

왜군은 곧 이혼을 잡기 위해 그 쪽으로 전력을 집중했다.

정찰을 세밀하게 하지 않아 이혼의 존재를 모르는 게 분명하지만 성루 위에 있는 주장을 잡아 전투를 유리하게 이끌 심산이었다.

이혼이 회령에 있다는 말을 들었으면 나베시마 나오시게를 보내는 게 아니라, 2번대 주장 가토 기요마사가 직접 나섰을 것이다.

민여호가 지휘하는 2대대 병력이 앞으로 나와 왜군과 맞섰다.

캉캉!

창과 창, 그리고 창과 방패가 부딪치며 불똥이 사방으로 비산했다.

"으악!"

그때, 비명이 들리며 전세가 한쪽으로 기울었다.

맨 앞에서 적을 막던 민여호가 창에 찔려 바닥에 쓰러진 것이다.

왜군은 재빨리 왜도를 도끼처럼 휘둘러 민여호의 머리를 잘랐다.

전투보다 사람의 수급을 자르는 게 우선인 모양이다.

자른 수급을 들어 올려 동료에게 자랑하던 왜군은 분노한 1대대 병사의 창에 찔려 쓰러졌지만 2대대는 더 이상 버티지 못했다.

2대대가 무너지는 모습을 본 연대장 이호의가 소리쳤다.

"3대대가 가서 막아라!"

"옛!"

대답한 3대대장 이책은 급히 무너진 2대대와 교대했다.

그러나 이미 승기를 잡았다 생각한 왜군의 기세는 대단했다.

3대대마저 중군이 돌파당하며 성루까지 가는 길이 드러났다.

왜군은 3대대를 성벽과 성벽 밑, 양면으로 몰아붙이며 뛰어들었다.

급기야 익위사 기영도가 왜군을 막아야할 지경에 처했다.

최자립의 1대대는 정현룡의 3연대를 도우러갔다.

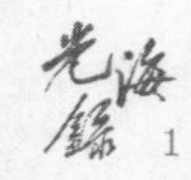

그리고 5대대는 성 밑의 왜군을 막아야 해서 지킬 병력이 부족했다.

"저하를 보호하세!"

최흥원의 말에 정탁과 심충겸, 윤자신, 이영, 문몽원 등이 무기를 든 채 이혼 주위를 에워쌌다. 그들이 모두 죽지 않는 이상에는 왜군에게 이혼을 내어줄 수 없다는 강력한 의지의 표명이었다.

기영도 등 익위사는 미친 듯이 칼을 휘둘러 왜군을 몰아냈다.

그러나 왜군은 숫자가 많았다.

기영도 등은 안쪽까지 밀려났다가 다시 힘을 내어 적을 밀어붙였다.

그러기를 몇 차례 거듭했을 무렵.

콰앙하는 소리가 들리더니 성문이 부서져 내렸다.

그리고 부서진 성문을 통해 왜군이 안으로 쏟아져 들어왔다.

5연대장 국경인이 말에 올라 칼을 뽑았다.

"한 놈이라도 들어오게 해선 안 된다!"

그 말에 정말수, 김수량, 이언우, 함인수 등이 달려가 왜군을 막았다.

그들은 모두 국경인의 부하로 함경도에서 자란 토병이었다.

조선군 최고의 정예라는 함경도 토병이 마침내 그 베일을 벗었다.

좌악!

토병이 휘두른 창에 왜군이 추풍낙엽으로 쓰러진다.

오래 지속된 평화기간 동안, 오직 이 함경도의 토병만은 전시에 다름없는 생활을 해왔다. 여진족과의 전투로 단련을 받은 것이다.

마침내 성문으로 쏟아져 들어온 왜군은 모두 주살 당했다.

국경인은 말을 몰아 성루로 달려갔다.

"소인이 밖으로 나가 왜적의 뒤를 치겠사옵니다!"

그 방법 밖에 없음을 안 이혼은 바로 허락했다.

지금 성벽에 올라와있는 왜군을 몰아내지 않으면 전멸이다.

허락을 받은 국경인은 고개를 돌려 부하들에게 소리쳤다.

"놈들에게 함경도의 토병이 어떤 사내들인지 알려주자!"

"와아!"

함성을 지른 토병은 군마에 올라 창 대신, 편곤을 들었다.

편곤은 깨를 터는 도리깨처럼 생겼는데 자편과 모편이

있어 모편을 잡고 자편을 휘둘러 갑옷을 입은 적을 타격하는 중병기였다.

"가자!"

말배를 찬 국경인은 부서진 성문 밖으로 뛰어나가 편곤을 휘둘렀다.

퍼억!

투구를 쓴 왜군이 편곤의 자편에 맞아 나뒹굴었다.

칼로는 상하게 못해도 편곤의 자편은 내출혈을 일으킬 수 있었다.

그 뒤를 토병이 따르며 편곤을 휘두르거나, 활을 쏘았다.

말 잘 타고 활 잘 쏘는 함경도 토병의 진면목이 드러났다.

마치 물꼬를 트듯 쏟아져나간 함경도 토병의 기세에 왜군은 큰 피해를 입었다. 또, 조총과 활로 반격해도 토병은 무너지지 않았다.

오히려 더 강한 기세로 부딪쳐왔다.

여기저기서 살육이 튀며 고통스런 비명이 터져 나왔다.

왜군이 주춤거릴 때 왜군 본진에서 고동소리가 뿌우하며 들려왔다.

이게 퇴각신호인지 알 수는 없지만 왜군은 마침내 퇴각에 들어갔다.

국경인은 도망치는 왜군을 추격해 짓밟았다.

그러나 본진은 방어가 아주 두터워 기수를 바로 돌렸다.

기병을 막는 방책이 잘 갖춰져 있어 돌격하기에는 무리였던 것이다.

왜군이 후퇴한 후에야 이혼은 의자에 쓰러지듯 몸을 뉘였다.

지친 이혼을 대신해 영의정 최흥원이 명을 내렸다.

"부상자는 안으로 어서 옮겨라! 그리고 부서진 성문은 빨리 고쳐라!"

"예!"

살아남은 병사들은 서둘러 움직였다.

왜군이 여력을 남긴 채 물러간 상황이어서 아직 마음을 놓지 못했다.

그 날 저녁, 정찰중대의 강문우가 왜군이 물러간 이유를 알아냈다.

"경성(鏡城)사람 이붕수(李鵬壽), 최배천(崔配天), 지달원(池達源) 등이 의병 1천여 명을 이끌고 조금 전 왜적 본진 후미를 급습했는데 이에 놀란 적장이 왜군에게 퇴각명령을 내린 거 같습니다."

"천운이군. 이붕수에게 왜군의 세력이 크니 함부로 맞서지 말라하게. 군량이나, 무기수송을 방해만 해줘도 우리에게는 큰 힘이야."

"예, 저하."

강문우는 밤에 성을 나가 이봉수를 만났다.

그리고 이봉수에게 이혼이 준 직첩을 전해주었다.

"유격연대(遊擊聯隊)의 연대장이 무슨 말이오?"

강문우는 이봉수에게 이혼이 전한 명을 전달했다.

"유격연대가 왜군의 병량수송을 방해하라는 의미입니다."

"알겠소. 우리는 밖에서 회령성의 에움을 푸는데 진력하겠소이다."

"그럼 무운을."

"우리 대신 저하를 잘 지켜주시오."

이봉수 등은 진채 밖까지 나와 강문우를 배웅해주었다.

생각보다 강력한 방어에 놀랐는지 왜군은 소규모 전투에 집중했다.

함흥에 있는 본대를 기다리는 건지, 아니면 백두산 북동쪽으로 갔다는 다른 부대를 기다리는 건지는 몰라도 시간을 질질 끌었다.

이혼은 그 틈에 성문을 수리하거나, 모자란 화살을 보충했다.

그리고 이가 빠진 칼과 창은 녹여 새로 제조했다.

무엇보다 이혼이 가장 신경 쓰는 부분은 신형 포탄의 완성이었다.

전투가 있기 직전 화포장 고상에게 일임했는데 그들의 기술로는 똑같이 제조하기 힘들어 포탄 다섯 개를 완성하는데서 그쳤다.

이혼은 다시 직접 신관을 만들어 포탄제조에 나섰다.

다음에는 적도 유격연대의 기습에 신경을 쓸 게 분명해 요행을 바랄 수 없었다. 즉, 내부에서 자력갱생할 방법을 찾아두어야 했다.

회령성과 그 근처 육진에서 가져온 화약의 양에는 한계가 있었다.

이제 그 화약으로 최대한의 효과를 내야했다.

이혼은 이 신형 포탄이 그 효과를 내줄 거라 생각했다.

포탄 제조가 궤도에 올랐을 무렵.

영의정 최흥원이 찾아왔다.

"저하, 식량이 얼마 남지 않았습니다."

"얼마나 남았소?"

"하루에 한 끼로 줄여도 나흘치가 전부입니다."

이 회령성에는 4천이 넘는 병사 외에 회령의 백성 수천이 있었다.

왜군이 쳐들어오기 직전, 피난 온 근처 마을 백성마저 성 안으로 받아들였기에 군대가 먹을 군량을 백성에게 먹여야할 판이었다.

그나마 성에 우물이 많아 식수걱정 안하는 게 다행이었다.

이혼은 신료와 장수를 소집해 상의했다.

"더 이상 시일을 끌어서는 적보다 우리가 가진 군량이 먼저 떨어질 테니 놈들을 이 성으로 다시 유인하여 일전을 벌어야겠소. 그러려면 왜적을 성으로 유인할 계획이 필요한데 방법이 없겠소?"

신료 중 하나가 입을 열었다.

그는 바로 약방 부제조 정탁이었다.

"반간계(反間計)가 어떻습니까?"

"이중첩자를 쓰자는 말이오?"

"그렇습니다. 그리고 그 대상은……."

정탁의 시선이 장수들을 훑다가 국경인 앞에 멈췄다.

"저 국경인이 좋겠습니다."

"국경인이라……."

이혼은 국경인을 보았다.

그리고 지목을 당한 국경인은 입을 꾹 다문 채 말이 없었다.

"해보겠는가?"

"저하의 명이시라면."

"위험할 텐데……. 걱정이군. 적장이 속지 않으면……."

"이미 한 번 버린 목숨입니다. 죽음으로 충성할 수 있게 해주십시오."

"그럼 자네에게 부탁하지."

이혼은 국경인, 정탁 두 명과 몇 시간 동안 여러 가지 방안에 대해 논의했다. 그리고 그 중 가장 확률이 높아 보이는 방안을 골랐다.

그 날 자정, 국경인이 전언국과 정석수 두 명과 성에서 도망쳤다.

다음 날 새벽, 수리한 남문 성루에 사람의 수급 10여개가 걸렸다.

그리고 그 수급 밑에 국세필, 김수량, 정말수 등의 이름이 적혀 있었으며 역모를 꾀했기에 하늘을 대신해 벌했다는 문구가 있었다.

•

6장. 용란(龍卵)

NEO ALTERNATIVE HISTORY FICTION

6장. 용란(龍卵)

나베시마 나오시게는 큐슈 히젠의 실력자인 류조지가문의 가신으로 출발했으나 주군 가문을 밀어낸 후 실권을 차지한 효웅이었다.

예상보다 길어지는 공략에 나베시마 나오시게는 화가 났다.

오랜 시간 이어진 큐슈의 전화 속에서 살아남은 큐슈 히젠의 노련한 병사마저 며칠 째 회령성 공략에 번번이 실패하는 중이었다.

전군을 동원해 강하게 몰아치면 어찌 가능할 듯싶었다.

한데 조선의 의병이 후방을 어지럽혀 본대를 동원하기 힘들었다.

지금도 조선 의병은 본대로 오는 군량수송을 방해하거나, 근처 마을을 약탈하던 별동대를 야간 기습하여 세 번이나 전멸시켰다.

만약, 회령성을 치기 위해 전군을 동원하였을 때 조선 의병이 본진을 기습해온다면, 일전처럼 앞뒤에서 적을 맞을 가능성이 높았다.

나베시마 나오시게는 가신단, 엄밀히 말하면 류조지의 가신단이지만 그의 명령을 받는 가신단에 명해 의병을 먼저 잡도록 하였다.

그러나 그런 지시가 별다른 효과를 내지 못해 애를 태웠다.

바람처럼 움직이는 의병을 포착하기 어려웠다.

쉬이 잠을 이루지 못한 나베시마가 침소를 나왔다.

그의 막사는 나무로 만든 목책의 보호를 받았다.

또, 주위에는 건장한 근위시동이 24시간 나베시마를 호위했다.

밤바람이 부는지 목책을 빙 둘러싼 군기들이 펄럭이며 휘날렸다.

막사 바로 옆에는 나베시마의 우마지루시가 있었다.

우마지루시는 군기 중에 영주의 위치를 알려주는 군기다.

또, 목책 외곽에는 부대의 군기를 지키는 하타모토부대

가 있었다.

이렇듯 나베시마는 목책과 몇 겹의 군대에 에워싸여 보호를 받았다.

나베시마는 회령성이 있는 북쪽을 보았다.

지금까지 나베시마는 실패한 적이 드물었다.

류조지가문의 가신으로 시작했으나 오히려 주군의 가문보다 더 큰 세력과 명성을 쌓았으며 히데요시의 신임마저 받는 중이었다.

조선에 1만이 넘는 대군을 파견한 이유 역시 히데요시 신임에 보답하기 위해서였는데 허약한 조선군은 웃음이 나올 지경이었다.

가토 기요마사와 2번대로 부산에 상륙해 단숨에 도성으로 쳐 올라가 한양을 점령한 후 강원도에서 이곳 함경도 북쪽까지 이르렀다.

한데 예상치 못한 곳에서 발이 묶였다.

주장 가토 기요마사에게 소식을 보냈지만 답장이 없었다.

가토 기요마사는 고니시 유키나카보다 큰 공을 세우기 위해 두만강을 건너 도하하는 한편, 호랑이사냥에 열을 올리는 중이었다.

가토 기요마사가 호랑이를 좋아해 사냥하는 건 아니었다.

도요토미 히데요시는 불임에 시달렸는데 호랑이고기가 불임에 좋다는 말을 약제상에게 들었는지 함경도호랑이 싹쓸이에 나섰다.

"오늘도 좋은 소식은 없는 건가."

씁쓸히 중얼거린 나베시마가 막사의 문을 여는 순간.

가신 하나가 급히 들어와 문을 지키는 근위시동에게 말을 건넸다.

"영주님을 뵈어야겠다."

"침소에 드셨으니 아침에 오시지요."

"급한 일이다."

가신의 다급한 목소리에 나베시마가 걸음을 멈췄다.

"일어났으니 문을 열어주어라!"

근위시동이 문을 열어주었는지 가신이 들어와 부복했다.

"영주님, 조선에서 국경인이라는 자가 항복을 청해왔습니다."

"국경인이 누구인가?"

"이곳 토병을 지휘하는 토관진무라 하더이다."

가신의 대답에 나베시마가 몸을 돌리며 호기심을 드러냈다

"그런 자가 왜?"

"회령성에 조선의 세자가 와있는데 그 세자에게 당한

모양입니다.”

나베시마가 손을 올려 말을 끊었다.

“조선의 세자가 정말 회령이 있다는 말이냐?”

“그렇습니다.”

“으음, 너는 그 자의 말을 신뢰하느냐?”

“오늘 오후에 회령성 성문에 효수당한 수급을 보셨습니까?”

나베시마는 남문에 걸려있던 수급을 떠올렸다.

성문과 거리가 멀어 누군지는 모르겠으나 상투를 풀어 헤친 긴 머리카락, 그리고 수급에 꼬여든 독수리 떼는 분명 본 적이 있었다.

“보았지. 한데 그게 왜?”

“그 수급의 임자가 국경인의 숙부와 부하라 하더이다.”

“흥미가 도는군. 자세히 말해봐라.”

“국경인의 말에 의하면 큰 공을 세운 건 그인데 조선의 세자라는 자가 그의 공을 무시하더니 간신에게 그 공을 넘겼다고 합니다. 거기다 역모혐의마저 씌워 그의 숙부와 부하를 도륙한 후 그마저 죽이려 하기에 도망쳐 나와 우리에게 투신하려는 모양입니다.”

나베시마는 근위시동이 가져온 의자에 앉아 군선(軍扇)을 펼쳤다.

"길잡이로 데려온 조선 놈을 불러와라!"

"예!"

잠시 후, 순왜(順倭)라 불리는 조선인들이 막사에 끌려 왔다.

순왜는 항왜(降倭)에 반대되는 말로 조선인 중에 조선에 불만을 품어 왜군에 투항한 사람을 가리키는 단어로 일종의 변절자였다.

그리고 반대로 항왜는 왜군 중에서 조선에 투항한 왜인을 지칭한다.

나베시마는 순왜에게 물었다.

"국경인이 역모를 꾀했다는 소문을 들었느냐?"

그들 중 일부는 순왜가 아닌 거처럼 행동하며 조선의 고을이나, 성에 잠입해 조선군의 정보를 모아서 나베시마에게 가져다주었다.

통역을 전해들은 조선인 중 하나가 고개를 끄덕였다.

"그런 소문을 들은 적 있습니다. 국경인이 숙부 국세필 등과 반란을 도모하다가 저지당해 회령성 분위기가 심상치 않다고 합니다."

다시 역관이 조선인의 말을 나베시마에게 통역했다.

"그 말 거짓이 아니겠지?"

순왜들이 바짝 엎드려 머리를 조아렸다.

"소인이 어찌 영주님께 거짓을 고하겠습니까."

"그렇겠지. 조국을 버린 너희들에게 기댈 언덕은 이제 나 밖에 없으니. 또, 회령성에 조선의 세자가 있다는 소문은 들어보았느냐?"

"그런 말을 듣기는 했는데 확실치 않아서……."

"물러가라."

순왜를 내보낸 나베시마는 군선을 접었다 펴기를 반복했다.

한참 후에야 군선을 접어 허리춤에 끼운 나베시마가 명을 내렸다.

"국경인을 불러와라. 내가 직접 만나보겠다."

"예!"

가신은 기다리던 국경인을 불러 막사로 돌아왔다.

이미 몸수색을 철저히 받아 거의 알몸에 가까운 상태였다.

심지어 상투에 뭘 숨겼을지 몰라 머리카락마저 풀어헤쳐져 있었다.

"네가 국경인이냐?"

"그렇습니다."

"역모로 쫓기는 중이면 도망칠 일이지 왜 나에게 왔느냐?"

국경인이 분노가 가득한 얼굴로 머리를 바닥에 여러 번 내리찍었다.

"너무 억울해서 이대로는 살 수 없기 때문입니다."

"억울해?"

"예, 영주님. 가족과 부하들이 죽었고 소인은 억울한 누명을 써 패가망신하였으니 이 원한을 갚지 못하면 사람새끼가 아닐 겁니다."

나베시마는 관심 없는 척 지나가는 말로 입을 열었다.

"쯧쯧, 회령성은 단단하니 네가 복수할 길은 요원하겠구나."

국경인이은 머리를 곧추세웠다.

"방법이, 방법이 하나 있습니다!"

"오, 그게 무엇이냐?"

"놈들은 남문에 병력을 집중해놓은 상태입니다. 만약, 영주님이 석룡산(石龍山)을 돌아 북쪽 성문을 친다면 백전백승일 것입니다."

나베시마가 순왜에게 들은 지형정보를 떠올리며 물었다.

"석룡산이면 회령성 서쪽에 있는 바위산이 아니냐?"

"석룡산이 겉으로 보기에는 험해 보여도 안에 작은 길이 많습니다."

"흐음, 괜찮은 생각으로 보이는군."

나베시마는 그 자리에서 가신단을 소집해 북문 우회를 결정했다.

회의를 끝까지 참관한 국경인에게 상을 내리겠노라 호언장담한 나베시마는 회의가 끝난 후 몰래 일처리가 깔끔한 가신을 불렀다.

“이건 조선의 반간계다.”

“반간계면 국경인이 이중첩자라는 말입니까?”

“그렇지. 아마, 우리가 석룡산을 우회할 때 매복해 있다가 기습하려 할 게다. 지형이 험한 데니 도망칠 곳이 없어 전멸을 당하겠지.”

“하오시면?”

“너에게 국경인을 붙여줄 테니 길잡이를 삼아 석룡산으로 가는 척 하여라. 그리고 석룡산에 들어서는 즉시, 국경인의 목을 잘라라.”

나베시마의 말에 가신이 눈을 빛내며 물었다.

“그럼 그 동안 영주님께서는?”

“나는 본대와 함께 남문을 칠 것이다.”

가신의 얼굴에 그제야 화색이 돌았다.

“놈들은 석룡산에 매복하기 위해 병력을 많이 뺐을 테니 상대적으로 남문의 방어가 허술해져 있겠군요. 그 틈을 이용하면…….”

“알면 되었다. 어서 준비를 서둘러라.”

“알겠습니다.”

가신을 돌려보낸 나베시마가 회심의 미소를 지었다.

"감히 이 나베시마 나오시게를 상대로 계략을 쓰다니?"

조선의 세자는 큐슈의 효웅을 제대로 모르는 게 분명했다.

다음 날 새벽, 가신은 국경인을 앞세워 석룡산을 우회하기 시작했다.

가신을 따라가던 국경인이 연신 뒤를 돌아보며 물었다

"큰 영주님께서는 오지 않으시는 겁니까?"

"걱정 마라. 아, 마침 저기 나오시는군."

가신의 말대로 나베시마의 본대가 진채를 나와 서서히 움직였다.

그 모습에 안심했는지 국경인은 신이 나서 그들을 안내했다.

석룡산은 날카로운 바위가 많아 밖에서 볼 때는 험지처럼 보이지만 안에는 밀수꾼과 짐승이 다니는 길이 있어 위험하지 않았다.

석룡산 중간에 이르렀을 무렵.

가신이 투구 밑으로 흐르는 땀을 닦아내며 물었다.

"이 산의 이름이 왜 석룡산인가?"

통역을 받은 국경인이 동쪽에 있는 돌산을 지목했다.

"저 돌산이 용처럼 생겨 그런 이름이 붙었습니다."

국경인의 말대로 어슴푸레하게 동이 터오는 가운데, 그

아래 우뚝 서있는 돌산은 마치 돌로 만든 용이 하늘로 승천하는 기세였다.

"명산이로군."

"그래서 애를 못 낳는 여인들이 이 산 서낭당에 음식을 바치지요."

"하하, 그럼 애가 들어서나?"

"다 미신이지요."

"어쨌든 명당이니 묏자리로 쓰기에는 더 없이 훌륭하군."

"묏자리요?"

국경인이 돌아서며 묻는 순간.

가신이 허리에 패용한 여러 개의 왜도 중에 제일 긴 칼을 뽑았다.

그리고 근처에 있던 왜군 10여 명 역시 국경인을 에워쌌다.

"왜, 왜 이러십니까?"

국경인이 놀라 묻는데 가신은 오히려 히죽 웃었다.

"네 놈이 조선의 첩자라는 사실을 이미 영주님께서는 간파하셨다."

"설, 설마 그럼?"

"그래, 네 놈들의 꾀에 네 놈들이 당한 셈이지."

가신은 한 발 물러서며 손짓했다.

그때, 왜군이 거리를 좁히며 긴 창으로 국경인을 찔러왔다.

수중에 무기가 없는 국경인은 갑자기 바위로 달려가기 시작했다.

한데 사방이 막혀 있어 오히려 죽을 자리를 찾아간 셈이었다.

왜군이 쫓아와 바위에 막힌 국경인에게 창을 찌르는 순간.

국경인이 어디를 어떻게 건드렸는지 위에 있는 바위가 쿵 소리를 내며 내려와 창을 찌르던 왜군 10여 명을 한꺼번에 삼켜버렸다.

돌먼지가 가라앉기 무섭게 가신은 급히 국경인을 찾았다.

한데 국경인의 모습이 이미 온데간데없었다.

가신은 아차 싶어 본대가 공격하려는 남문을 보았다.

"도리어 우리가 당한 건가? 서두르자, 영주님이 위험하다!"

가신이 급히 돌아가려 할 때 국경인은 근처 동굴에 피신해있었다.

국경인은 마중 나온 부하 전언국을 칭찬했다.

"때맞춰 잘 해주었다."

"이런 일이야 식은 죽 먹기지요."

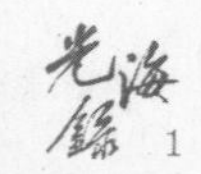

석룡산에서 숨어 있던 전언국은 지렛대로 흔들바위를 밀어 국경인을 공격하던 왜군을 제거한 후 동굴로 내려와 그를 기다렸다.

전언국은 걱정스런 표정을 감추지 못했다.

"정석수가 잘 전했을까요?"

"나도 모르겠다. 그저 늦지 않기를 바랄 뿐이지."

두 사람의 시선은 누가 먼저랄 거 없이 동시에 회령성으로 향했다.

한편, 회령성에서는 국경인의 전언을 애타게 기다렸다.

국경인의 말에 왜군이 속아 석룡산으로 진군하면 서문에서 적을 격퇴하기로 하였다. 또, 속지 않아 반대로 남문을 공격해오거나, 움직이지 않을 경우에는 다른 방법을 쓰기로 약조되어 있었다.

나베시마가 꿈지럭거리는 모습을 본 국경인은 미리 정해둔 신호를 근처에 대기하던 정석수에게 전했는데 정석수가 성 안에 들어가서 제 시간에 전해야만 아군이 준비하고 적을 맞을 수 있었다.

다행히 정석수는 제 시간에 왜군의 상황을 전했다.

"적은 남문으로 온다!"

이혼의 외침에 서문에 있던 병력이 남문으로 이동했다.

그리고 그 순간, 나베시마가 직접 지휘하는 왜군 본대가 들이닥쳤다.

이혼은 조용히 명을 내렸다.

"등화관제와 기도비닉(企圖秘匿)을 철저하게 수행하라."

그 즉시, 모든 병사가 성첩 밑으로 몸을 바짝 숙였다.

또, 빛을 반사할 위험이 있는 무기는 어둠 속에 감췄다.

주력이 서문으로 향한 줄 아는 나베시마는 전군을 남문으로 보냈다.

"역시 놈들은 서문에 있는 모양이군."

죽음 같은 정적이 흐르는 남문을 보며 나베시마가 미소를 지었다.

"빨리 빨리 움직여라! 남문을 빨리 떨어트려야한다!"

나베시마가 중군과 함께 앞으로 나와 왜군을 독려했다.

그 바람에 왜군은 본대 전체가 성벽에 바짝 붙었다.

먼저 왜군 선봉 수백 명이 대나무방패를 앞세워 달려왔다.

그리고 그 뒤를 조총병과 궁병이 따랐으며 본대는 그 뒤에 있었다.

이혼은 숨을 크게 들이마셨다.

이제 결착(結着)을 지을 차례였다.

지금까지는 성을 베개 삼아 싸웠지만 이젠 먼저 공격할 차례였다.

"전 포대 방포하라!"

이혼의 외침에 장산호가 지휘하는 포수들이 총통에 불을 붙였다.

치익!

심지를 태우며 약선혈로 빨려 들어간 불꽃이 장약을 태웠다.

그리고 거기서 만들어진 가스가 안에 든 신형 포탄을 밖으로 밀었다.

펑!

경쾌한 포성과 함께 신형 포탄이 허공을 가르며 날았다.

이미 몇 번에 걸쳐 조선의 화포를 경험해본 왜군은 급히 사방으로 흩어졌다. 조선이 화포로 발사하는 포환은 직격만 당하지 않으면 피해를 입을 일이 없었다. 오히려 조란환이 더 무서웠다.

이런 거리에서는 조란환이 날아오지 못하니 포환만 피하면 되었다.

한데 포탄이 지면과 충돌하는 순간.

콰앙!

폭음이 일며 사방으로 흙이 비산했다.

그리고 그 뒤를 이어 포환 안에 든 작은 쇠구슬이 사방으로 날았다.

거기다 포환이 찢어지며 생긴 파편마저 사방으로 날아가니 조란환 수백여 발을 근접거리에서 발사한 거와 같은 위력을 보였다.

"으아악!"

포환이 떨어진 곳에서 왜군 10여 명이 피를 흘리며 쓰러졌다.

마침내 순발신관을 이용한 새로운 포탄이 모습을 드러낸 것이다.

"계속 방포하라!"

이혼은 목이 찢어져라 부르짖었다.

잠시 후, 전 포대가 포격에 들어가 10여 발의 신형 포탄이 떨어졌다.

펑펑펑!

남문 앞에 있는 너른 들판 곳곳에 구멍이 파이며 흙이 치솟았다.

지자총통의 조준문제는 큰 상관이 없었다.

어차피 들판에 가득한 게 왜군이어서 어딜 쏴도 맞았다.

왜군은 막대한 피해를 입은 채 성벽에 접근해 엄호사격을 해왔다.

대나무방패에 나무를 받쳐 고정한 후 그 뒤에서 총과 활을 쏘았다.

이혼은 방패 뒤에 숨어 명령했다.

"대나무방패에 죽폭을 던져라!"

그 동안 새로 만든 죽폭 수십여 개가 공중을 빙글 돌며 날아갔다.

펑펑펑펑!

죽폭 폭발에 쓸린 대나무방패가 조각나며 왜군이 모습을 드러냈다.

죽폭에 쇠 조각이 있어 부상을 입은 왜군이 많았다.

"화살을 쏴라!"

이혼은 쉴 새 없이 명을 내렸다.

잠시 후, 궁병이 쏜 화살 수백 대가 허공을 가득 메우며 떨어졌다.

파파팟!

퇴각하던 왜군 조총병과 궁병이 화살에 맞아 나뒹굴었다.

"화살을 쏴라!"

궁병을 독려한 이혼은 다시 소리쳐 물었다.

"총통의 장전은 아직 인가?"

"거의 다 되었습니다!"

포수의 우두머리에서 포병연대장(砲兵聯隊長)이라는 정식 직함을 얻은 장산호의 목소리가 주위에 가득한 소음을 돌파해 들려왔다.

"장전하는 대로 발사하라!"

"예, 저하!"

장산호는 모든 포대가 볼 수 있도록 붉은색 수기를 흔들었다.

전투에서는 말로 명을 전하기 수월치 않아 수기를 이용했다.

펑펑!

간헐적으로 터지는 포성과 함께 신형 포탄이 허공을 갈랐다.

그리고 화살과 죽폭은 포탄이 닿지 못하는 장소에 파고들어갔다.

본부연대장 이호의가 이혼의 귀에 소리를 질렀다.

"죽폭이 떨어졌습니다!"

"화살은?"

"화살도 얼마 남지 않았습니다!"

"그럼 포탄도 다 떨어졌겠군."

이혼의 말이 끝나기 무섭게 더 이상 포성이 들려오지 않았다.

포탄과 장약이 동시에 떨어진 것이다.

이혼은 고개를 돌려 남문 앞의 전황을 살펴보았다.

뒤에서 말을 탄 사무라이들이 왜군을 성벽에 몰아붙이는 중이었다.

피해를 입은 만큼 돌려줄 생각인지 물러설 기미가 없었다.

이혼은 안으로 들어가 성루 밖으로 고개를 내밀었다.

"근위사단 기병대는 지금 당장 출진하라!"

"예, 저하!"

말에 오른 1연대장 유경천은 단창을 휘두르며 말고삐를 잡아챘다.

"성문을 열어라!"

"예!"

병사들이 급히 달려가 걸쇠를 풀더니 성문을 열어젖혔다.

그 사이, 이미 모든 준비를 갖춘 유경천은 단창을 앞세워 달려갔다.

그리고 그 뒤를 2천이 넘는 함경도 토병이 따랐다.

전격적인 기습으로 기병이 주를 이루는 기병전이었다.

유경천은 천 명을 이끌고 동쪽으로, 뒤이어 따라 나온 정문부 역시 천 명을 이끌고 서쪽으로 달려가 양쪽에서 왜군을 몰아붙였다.

유경천은 달려가는 기세 그대로 창을 앞으로 찔러갔다.

푹!

창에 찔린 왜군이 쓰러지며 바닥을 굴렀다.

휙!

유경천은 급히 몸을 숙여 옆에서 날아온 창을 피했다.

창을 쓰는 야리 아시가루 하나가 달려와 다시 긴 창으로 그의 가슴을 찔러왔는데 유경천은 피하는 대신에 마주 창을 찔러갔다.

퍽!

두정갑의 갑옷에 막힌 창극은 더 이상 찔러 들어오지 못했다.

반면에 유경천이 휘두른 단창은 정확히 아시가루의 목을 관통했다.

창을 버린 유경천은 편곤을 휘두르며 적을 향해 말을 몰았다.

콰앙!

육중한 군마는 그 자체가 하나의 무기였다.

군마에 등을 받힌 왜군이 쓰러지는 틈을 이용해 편곤을 휘둘렀다.

콰직!

편곤에 머리를 맞은 사무라이가 비틀거리며 쓰러졌다.

여유가 생긴 유경천은 주위를 보았다.

왜군은 이미 사세가 불리함을 깨달았는지 급히 퇴각하는 중이었다.

반면에 그의 부하들은 들판을 들소처럼 누비며 왜군을 몰아냈다.

그때였다.

타앙!

귀를 찢는 총성이 들리더니 몸이 뒤로 붕 떴다.

유경천은 반사적으로 몸을 굴려 그대로 낙마하는 불상사를 피했다.

쿵!

바닥에 떨어진 유경천은 몸을 먼저 살폈다.

다행히 구멍이 나거나, 피가 나오는 곳은 없었다.

그 대신 그를 태웠던 군마가 거품을 물더니 그대로 쓰러졌다.

유경천은 군마 시체를 방벽 삼아 왜군의 창을 막았다.

캉캉!

불꽃이 튀며 유경천의 편곤을 감당하지 못한 왜군들이 물러섰다.

"이걸 타십시오!"

어느새 다가온 부장이 그에게 새로운 군마의 고삐를 건넸다.

훌쩍 뛰어 올라 안장에 몸을 실은 유경천은 다시 편곤을 휘둘렀다.

"계속 몰아쳐라!"

호기롭게 소리친 유경천은 고개를 돌려 2연대 방향을 보았다.

2연대장 정문부 역시 왜군을 거의 본진까지 밀어붙였다.

"더 힘을 내라! 2연대에 지면 어찌 얼굴을 들고 다니겠느냐!"

유경천은 선두에 서서 왜군을 직접 몰아붙였다.

30여 분간 이어진 전투 후 왜군은 본격적으로 퇴각했다.

"적이 퇴각한다!"

유경천은 1연대 기병과 함께 왜군의 꽁무니에 바짝 붙어 공격했다.

이는 일방적인 학살이었다.

예로부터 퇴각전술이 가장 어려운 전술이라 했는데 지금도 다르지 않아 왜군 보병은 조선군 기병대의 추격을 뿌리치지 못했다.

왜군 일부가 결사대가 되어 기병의 발목을 잡아왔다.

그들은 기병 대신, 구겸창(鉤鎌槍)으로 말의 발목을 집요하게 노렸다.

이히힝!

발목이 잘린 군마가 고통에 홰를 치다가 모로 쓰러졌다.

유경천은 구겸창을 든 왜군을 편곤으로 내리찍으며 말

배를 찼다.

쏜살같이 달려간 유경천의 눈에 마침내 나베시마 나오시게가 보였다.

나베시마 나오시게가 탄 군마를 근위시동이 에워싸듯 같이 달렸다.

그리고 그 뒤에 가신단과 하타모토부대가 있었다.

'저게 저하께서 말씀하신 우마지루시인 모양이구나.'

유경천과 정문부는 공격에 앞서 이혼에게 불려가 설명을 들었다.

"적의 주장이 있는 곳에는 항상 우마지루시라는 깃발이 같이 따라다니는데 다른 군기와는 구별되니 금방 알아볼 수 있을 것이다."

이혼의 말처럼 지금 눈앞에 이상한 깃발이 하나 보였다.

쇠로 만든 창의 머리에 흰색과 검은색을 칠한 천 조각이 휘날렸다.

"저기 왜장(倭將)이 있다!"

유경천은 바람같이 달려가며 등에 맨 활을 뽑았다.

기병이 사용하기 편하게 크기를 줄인 동개활이다.

유경천은 화살 통에서 화살을 뽑아 동개활에 잰 후 조준을 하였다.

말의 반동을 계산하다가 적절한 순간에 시위를 놓았다.

쉬익!

쏜살같이 날아간 화살이 도망치는 하타모토의 등에 가서 박혔다.

급히 따라온 그의 부하 수백 명 역시 바로 활을 쏘았다.

솨솨솨!

소나기가 내리는 거 같은 음성이 들리더니 하타모토들이 쓰러지며 가신단과 근위시동의 보호를 받는 왜장의 등이 얼핏 드러났다.

"왜장이 가까이 있다! 모두 속도를 높여라!"

유경천은 미친 듯이 말배를 걷어찼다.

지친 군마가 흰 거품을 게워냈지만 그렇다고 멈추진 않았다.

오히려 더 빨리 달리며 왜장이 탄 군마를 추격했다.

왜군의 군마는 조선의 군마보다 작아 속도가 빠르지 않았다.

아니, 오히려 가신단이 타는 군마가 왜장의 군마보다 더 커보였다.

'이 놈들이 조선의 군마를 빼앗아 타고 다니는 모양이군.'

왜군이 상륙한 부산 동래는 준마(駿馬)가 나기로 유명한 고을이다.

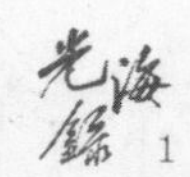

왜장이 빼앗은 조선의 군마를 타는 대신에 왜국에서 배로 어렵게 실어온 자신의 군마를 타고 달리느라 거리가 빠르게 좁혀들었다.

"화살을 쏴라!"

유경천의 지시에 화살이 또 한 번 날았다.

이번에는 가신단이 뚫리며 왜장의 등이 확연히 드러났다.

위험을 느낀 왜장은 자신을 시위하던 근위시동마저 내보냈다.

근위시동은 아직 관례를 치르지 않은 다 큰 소년이었다.

그러나 죽음을 각오한 채 덤벼드니 뚫기가 쉽지 않았다.

팔다리가 잘리거나, 내장이 쏟아져도 기병대의 발을 묶으려 하였다.

"젠장, 지독한 놈들이군!"

유경천은 편곤으로 근위시동의 어깨에 내리쳤다.

콰직!

뼈가 부러지는 소리가 들리며 근위시동이 허물어졌는데 움직일 수 있는 반대편 손으로 칼을 휘두르며 유경천의 얼굴을 베어왔다.

"이런!"

유경천은 근위시동이 어깨가 부러지는 고통을 참아가며 공격해올 줄 몰랐던지라 급히 상체를 숙여 피했다. 한데 조금 늦었는지 콧잔등이 잘려 피가 튀었다. 그러나 다행히 큰 상처는 아니었다.

점점 멀어지는 왜장을 보며 유경천은 입술을 깨물었다.

"실패인가……."

그와 정문부 두 사람에게는 이혼의 특별지시가 하달되었다.

연전연패를 거듭한 조선군과 의병의 사기를 올리기 위해서는 이름 있는 왜장의 목이 필요해 어떻게 해서든 잡아오라는 지시였다.

하타모토와 가신의 도움을 받은 왜장은 수풀 사이로 모습을 감췄다.

"하는 수 없지."

유경천이 돌아서려는 순간.

쉬익!

화살이 나는 날카로운 파공음이 귓전을 울렸다.

그는 왜군 활과 조선의 각궁이 내는 소리가 다르다는 걸 알았다.

한데 지금 들린 활 소리는 각궁이 내는 소리였다.

"이랴!"

말배를 찬 유경천은 급히 수풀 안으로 뛰어들었다.

매복이 걱정되었지만 왠지 모르게 느낌이 좋았다.

해가 중천으로 향하는 중이어서 풀잎에 맺힌 이슬은 말라있었다.

편곤으로 풀을 쳐내며 나아가던 유경천은 깜짝 놀랐다.

그러나 이내 얼굴에 미소가 번졌다.

도망치던 왜장이 말과 함께 바닥에 쓰러져 있었다.

그리고 주위에는 조선백성 옷을 입은 사람들이 활을 들고 서있었다.

유경천을 발견한 조선인 중 하나가 걸어왔다.

"나는 근위사단 유격연대장 이붕수요."

"오, 반갑소. 나는 근위사단 1연대장 유경천이오."

유경천의 말에 이붕수가 기뻐했다.

"아, 기개가 헌앙해서 이름 있는 장수라 보았는데 고령첨사이셨구려."

유경천은 말에서 내려 죽은 왜장을 살펴보았다.

화살을 온몸에 맞아 즉사한 모양이었다.

유경천은 이붕수를 칭찬했다.

"왜장을 잡다니 경이 큰 공을 세웠소이다."

이붕수가 멋쩍은 미소를 지었다.

"밥상은 그대들이 다 차렸는데 내가 염치없이 숟가락을 얹은 셈이요."

유경천은 고개를 저었다.

"이러면 어떻고 저러면 또 어떻소. 왜장을 잡았다는 게 중요하지."

그 동안 지형에 익숙하다는 장점을 살린 유격연대는 나베시마 나오시게가 후방에 보내는 전령을 죽여 본대와의 연락을 끊었다.

또, 마을을 약탈하는 별동대를 찾아내 제거했으며 군량을 수송하는 보급부대를 야습해 군량 수백 섬을 확보하는 성과를 올렸다.

거기다 나베시마 나오시게마저 잡았으니 가장 큰 공을 세운 셈이다.

유경천과 이붕수 등은 나베시마 나오시게의 시신을 말 안장에 얹어 회령성으로 돌아왔는데 다행히 회령성 전투는 이미 끝나 있었다.

1연대와 2연대에 이어 3연대와 5연대마저 성을 나와 산발적으로 저항해오는 왜군을 대파해 마침내 대승, 아니 압승을 거두었다.

"와아아!"

병사와 백성이 지르는 환호성이 회령성을 쩌렁쩌렁 울렸다.

이혼은 경험 많은 영의정 최흥원에게 전장을 수습하도록 하였다.

최흥원은 그 즉시 부상자를 치료, 전사자는 가매장했다.

그리고 왜군의 시신을 뒤져 화약과 쇠붙이, 가죽 등을 거두어들였다.

거기다 왜군이 버린 군마가 수백 마리여서 큰 도움을 받았다.

전장정리를 마친 최흥원은 왜군의 시신을 한데 모아 화장했는데 나베시마 나오시게와 그의 가신들은 목을 잘라 성문에 효수했다.

그들에게 당한 걸 생각하면 배를 갈라 적이 점령한 성에 내장을 뿌려두고 싶었지만 일단은 효수하는 선에서 그만두기로 하였다.

정탁과 심충겸, 윤자신 역시 일을 맡아 바쁘게 움직였다.

정탁은 회령전투의 상세한 내용을 적어 의주에 있는 선조의 행재소(行在所)에 보내는 한편, 격문을 적어 병사와 군량을 모집했다.

다행히 회령전투의 성과가 알려지며 승패를 몰라 관망하거나, 아니면 왜군이 두려워 숨어있던 백성들이 도움을 보내오기 시작했다.

정탁이 대외적으로 회령전투의 성과를 알리는 동안.

심충겸은 장수와 병사들의 공적을 조사해 그에 맞는 상을 내렸다.

상의 상품은 주로 왜군에게 얻은 전리품이었다.

금과 은, 보석이 박힌 명도(名刀) 등이 많아 골고루 나누어주었다.

물론, 가장 큰 공을 세운 유격연대장 이봉수가 가장 많이 받았다.

마지막으로 윤자신은 근처 고을을 돌며 조선군이 승리한 사실을 전파해 백성을 안심시키거나, 일상으로 돌아올 수 있게 조치했다.

그 사이, 이혼은 군수참모 고상과 함께 가장 바쁘게 움직였다.

"왜군이 가진 화약을 한데 모아 저장해두어라!"

"예!"

"왜군의 갑옷 중에서 쇠와 가죽을 분리해 쇠로는 무기와 갑옷을 제작하고 가죽은 갑옷과 화살 통을 만드는데 사용하도록 하라!"

전리품의 정리가 끝난 후.

이혼은 다시 신형 포탄과 죽폭 등을 제작했다.

이 두 가지를 만들기 위해서는 뇌홍이 많이 필요해 육진을 포함한 함경도 북부에 사람을 보내 수은과 증류주를 모아오게 하였다.

뇌홍은 화약의 질산과 수은, 그리고 증류주의 주성분 에틸알코올을 혼합해 만들어 수은과 증류주를 확보하는 일이 아주 중요했다.

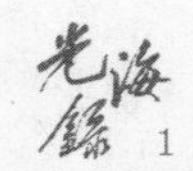

회령성의 대장장이는 왜군의 갑옷과 무기를 녹여 쇳물을 만들었다.

그런 연후에 속이 빈 형태의 포환을 주조했다.

방식은 절의 범종을 제작할 때처럼 틀을 사용하는 주물 방식이었다.

이 틀에 쇳물을 부어 식히면 속이 빈 포환이 만들어졌다.

그 후에는 포환의 뚜껑을 만들었는데 포환과 부리라 불리는 뚜껑이 잘 결합하도록 일일이 손으로 쇠를 깎아 나사처럼 홈을 팠다.

부리와 몸통을 나사와 볼트형태로 만들어 결합시키는 방법이었다.

외형 작업이 끝나면 속에 들어갈 재료를 만들 차례였다.

대장장이들은 다시 손톱 크기의 작은 쇠구슬을 만들었다.

쇠가 부족하면 납이나, 구리 등을 이용했다.

그마저 부족하면 석수(石手)에게 부탁해 돌을 깍아 구슬을 만들었다.

이혼은 이 쇠구슬을 속이 빈 포환 안에 장약역할을 하는 화약과 같이 넣었는데 화약을 조절해 효과가 가장 큰 배율을 연구했다.

화약의 양이 적으면 제대로 폭발하지 않았다.

또, 화약의 양이 너무 많으면 쇠구슬이 적어 살상효과가 줄어들었다.

화약과 쇠구슬까지 채웠으면 이제 신관을 달 차례였다.

신관은 순발신관으로 뚜껑의 안쪽에 부착했는데 이 뚜껑이 지면이나, 적, 또는 건물과 부딪치는 순간, 신관에 압력이 가해져 뇌홍이 든 신관이 알아서 점화되어 폭발을 하는 재래식 구조였다.

마지막으로 이 뚜껑과 장약이 든 포환을 결합할 차례였다.

연구한 기간이 짧아 이는 집중을 요하는 작업이었다.

작은 실수라도 하는 날에는 결합하는 대장장이 뿐, 아니라 근처에서 작업하는 다른 이들도 사이좋게 저승구경을 해야 하는 것이다.

결합을 마친 대장장이 하나가 흘러내리는 땀을 닦았다.

"휴, 수전증 있는 놈들은 절대 해선 안 되겠어."

옆에서 도와주던 다른 대장장이가 타박했다.

"그래도 이 용란이 있어서 우리가 이겼으니 그 정도는 참으라구."

"용란? 용란이 뭔가?"

"용이 낳은 알이 용란이지."

"왜 이걸 용이 낳은 알이라 부르는데?"

"백성들은 이걸 석룡산의 용이 낳은 줄 아는 모양이야."

"허, 그럼 피똥을 싸가며 만든 우리는 뭐가 되는 건데?"

"쯧쯧, 이름이 무슨 소용인가. 어쨌든 우리는 이겼지 않은가."

"그야 그렇기는 하지만."

그 말에 씁쓸히 웃은 대장장이는 이내 용란을 조립하기 시작했다.

"이봐, 완성한 용란은 탄약고로 미리 옮겨 놓으라구! 만약, 그게 안에서 폭발하면 조립 중인 용란까지 터져 모두 함께 죽는 거야!"

또 다른 대장장이의 타박에 그는 완성한 용란을 뚜껑이 위로 올라오도록 해서 안에 둥그런 홈이 있는 격목에 부착해 고정시켰다.

격목에 포탄을 고정하는 이유는 두 가지였다.

하나는 신관이 있는 뚜껑이 지면과 충돌하는 일을 막기 위해서다.

만약, 둥그런 형태의 이 포환이 바닥을 구르다가 압력을 받으면 폭발할 가능성이 있어 이처럼 미리 격목에 부착해 고정을 시켰다.

이혼이 순발신관을 설계할 때 압력을 계산해 넣었기는 하지만 아직 정밀하지 못해 잘못 다루다가는 포탄이 폭발할 위험이 있었다.

두 번째 이유는 장전시간을 줄이기 위해서다.

장전할 때 격목과 포환을 따로 넣으면 시간이 오래 걸린다.

그러나 격목과 포환을 일체형으로 만들면 시간을 단축할 수 있었다.

이혼은 또 이런 형태의 포환을 장전하기 위해 밀대처럼 생긴 장전봉의 형태를 초승달처럼 안이 휘어지도록 고안해 새로 만들었다.

포구의 포환을 장전봉으로 밀어 장전할 때 신관이 압력을 받으면 포신이 폭발할 위험이 있어 새로운 장전봉이 필요했던 것이다.

대장장이들이 용란과 씨름할 무렵.

이혼은 고상을 불러 새로운 형태의 무기를 고안했다.

7장. 삼면매복(三面埋伏)

7장. 삼면매복(三面埋伏)

조선은 화약을 일찍 받아들였다.

아니, 고려 말에 사용했으니 시간으로는 2백년이 넘었다.

그 사이, 화약은 무기기술자의 욕구를 자극해 여러 무기가 생겨났다.

특히, 조선에서는 배와 요새에 고정하는 고정포가 발달했다.

천자, 지자, 현자, 황자총통을 함포와 요새포로 사용한 것이다.

한데 야전에서 사용하는 야포(野砲)의 경우에는 발전이 더디었다.

조선은 다른 나라를 대규모로 침공할 일이 없었다.

국경에서 이루어지는 국지전의 경우에는 유목 기마민족을 주로 상대하는 특성상, 기병이 주를 이루어 야포가 발전할 기회가 없었다.

만약, 만주에 커다란 성채를 세워 방어하는 부족이 있었으면 야포가 발전할 가능성이 있었을지 모르겠지만 어쨌든 그건 아니었다.

이혼은 그래서 지자총통을 야포로 만들 계획을 세웠다.

야포를 만들어 야전에서 활용가능하다면 커다란 전력이 분명했다.

이혼은 허준에게 문방사우를 가져오라 명했다.

지금까지 행재소에 장계를 올리거나, 문서로 명을 내릴 때는 허준, 또는 정탁을 도움을 받았기에 허준이 의아한 눈빛으로 물었다.

"이제야 글을 쓰는 법이 생각나신 겁니까?"

"아니오. 알다시피 내 글은 이제 걸음마단계에 불과하오."

허준은 고개를 끄덕였다.

이혼에게 한문을 가르치는 사람은 바로 허준이었다.

이혼은 영변에서, 그리고 이곳 회령으로 오는 동안 허준과 거의 동고동락하며 먼저 말을 배웠는데 지금도 어색한 부분이 많았다.

특히, 사투리의 경우에는 거의 알아듣지 못했다.

그나마 이 정도로 알아듣는 건 순전히 이혼의 노력과 재능이었다.

말이 그러니 글이야 입이 아플 수준이었다.

허준은 다시 물었다.

"하오시면 문방사우는 어찌하여?"

"그림을 그릴 일이 있어 부탁했소."

"이런 상황에서 한가로이 그림을 그리시겠다는 말씀입니까?"

이혼은 고개를 저었다.

"그림이라기보다는 일종의 설계도요."

이혼은 허준이 건넨 붓으로 자를 이용해 종이에 선을 그었다.

이혼이 만든 자는 정확하지는 않지만 눈금이 있어 제도가 가능했다.

선 하나를 그은 후 잠시 생각한 이혼은 두 번째 선을 그었다.

선이 늘어날수록 생각하는 시간이 길어졌는데 고려할 문제가 많았다.

'대장장이들이 가진 기술로 구현할 수 있는 형태가 되어야한다. 만약, 쓸데없이 부품이 많거나, 구조가 복잡하면 만들기 어려워.'

이혼은 커다란 철제 바퀴가 달린 포차를 설계했다.

구조가 아주 간단해 포차에 올린 지자총통을 고정하는 게 다였다.

설계를 마친 이혼은 그걸 실현하기 위해 고상과 작업했다.

먼저 바퀴를 만들어 포차의 뼈대를 이루는 본체와 연결했다.

마지막으로 지자총통을 올려 고정한 이혼은 성을 나와 시험했다.

너른 들판이 지금은 시체가 썩는 냄새가 가득했다.

그리고 하늘에는 까마귀와 독수리, 파리 등이 들끓었다.

시체는 모아 태웠지만 살점이나, 피가 썩어 지독한 냄새를 풍겼다.

"우읍."

이혼은 속이 매슥거려 급히 입을 막았다.

이런 일에 경험이 많은지 장산호가 광목천을 건넸다.

"이걸 입과 코 주위에 두르시면 냄새가 좀 가실 겁니다."

"고맙네."

이혼은 얼른 광목천을 마스크처럼 만들어 코와 입을 가렸다.

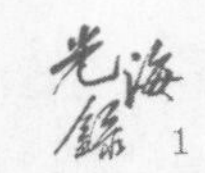

그 순간, 한동안 잊었던 전장의 참혹함이 다시 떠올랐다.

꿈이 아니었다.

그리고 환상은 더더욱 아니었다.

이 악취마저 모두 치열한 현실이었다.

잠을 줄여가며 연구하는 이유는 전쟁에서 이겨야한다는 압박감이 가장 크 이유를 차지했다. 그리고 그보단 못해도 일전에 본 전장의 참혹함이 잠을 자면 어김없이 악몽으로 살아나기 때문이다.

"그래도 불편하시면 코 대신, 입으로 숨을 쉬어보십시오."

장산호의 조언대로 입으로 숨을 쉰 후에야 역함이 가셨다.

정신을 차린 이혼은 장산호에게 포차를 밀어보게 하였다.

평지에서 속도가 얼마인지, 올라갈 수 있는 경사가 어느 정도인지 모두 수치로 계산해 나중에 개선하는데 자료로 쓸 생각이었다.

조사를 마친 이혼은 고개를 끄덕였다.

"이제 시험발사를 해보게."

"예, 저하."

장산호는 포수들을 불러 용란이라 불리는 신형 포탄을 장전했다.

먼저 장약을 넣은 후 격목에 고정한 용란을 집어넣었다.

그리고 새로운 장전봉으로 포신 깊숙이 밀어 넣어 장전을 마쳤다.

"방포!"

소리친 장산호가 심지에 불을 붙였다.

치익!

불이 붙은 심지가 약선혈로 들어가 장약을 태우는 순간.

퍼엉!

포성과 함께 용란이 3백 미터를 날아가 바닥에 떨어졌다.

이러한 직사포는 유효사거리와 최대사거리 모두 짧은 편에 속했다.

포탄은 날아가면서 중력의 영향으로 가라앉을 수밖에 없었다.

문제는 사거리가 아니었다.

사거리는 이미 충분했다.

문제는 포의 반동을 어떻게 줄이냐에 있었다.

현대처럼 주퇴복좌기(駐退復座機)를 이용해 반동을 없애면 별다른 조정 없이 바로 발사가 가능하지만 지금은 그런 기술이 없었다.

지금도 용란을 발사한 포차가 흔들리며 삐걱 소리를 내었다.

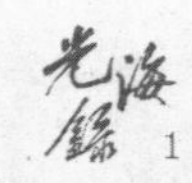

이런 상황에 대비해 고정해두지 않았으면 포신이 날아갔을 것이다.

이혼은 쓴웃음을 지었다.

포차가 원래 있던 자리에서 1미터 가까이 밀려나있었다.

더구나 포신의 방향이 90도 옆으로 크게 돌아가서 다시 발사하려면 군마를 끌어와 포신의 방향을 원래 방향으로 돌려놓아야했다.

'아차, 바보 같은 실수를 했군.'

이혼은 고개를 흔들었다.

포차의 이동에 너무 신경 쓴 나머지 지지대를 빼먹은 것이다.

재래식 야포를 개발해 사용한 국가와 군대는 이와 같은 상황을 겪은 후 땅을 지지해주는 지지대를 만들어 야포와 결합을 시켰다.

물론, 이게 완벽하게 반동을 흡수해주지는 못한다.

그러나 최소한 다시 발사할 수 있도록 고정은 가능했다.

이혼은 포차에 땅을 지지하는 지지대를 다시 부착했다.

새로운 포차의 시험에 성공한 이혼은 회령에 있는 지자총통 열문과 포차를 결합해 야포로 개조했는데 예상보다 빠른 진척이었다.

성에 돌아와 출전준비를 명한 이혼은 강문우를 불렀다.

강문우는 근위사단 독립정찰중대의 중대장으로 회령 근처는 물론이거니와 가까이는 육진, 멀리는 혜산, 강계의 소식까지 모아왔다.

"백두산으로 올라간 왜군의 소식은 들었는가?"

"인력이 부족해서 정확한 소식은 아직 듣지 못했으나 왜군이 노토부락의 마을 몇 개를 약탈해 불을 질렀다는 소문을 들었습니다."

"그럼 때가 되었군."

"그게 무슨 말씀이십니까?"

"이제 적이 오길 기다릴 게 아니라, 우리가 먼저 찾아가야할 때이네."

이혼은 최흥원 등 대신들에게 회령에 남아 북방 민심을 안정시키도록 하였다. 그리고 군량과 무기, 군자금을 빨리 모으도록 했다.

반면, 이혼 자신은 근위사단과 회령성을 나왔다.

군의관으로 참가한 허준이 물었다.

"어디로 가십니까?"

"백두산 북동쪽으로 갈 생각이오."

"강을 건너 여진족을 치러간 왜적을 추격할 생각이십니까?"

이혼은 솔직히 대답했다.

"그렇소."

“지금은 남쪽에 있는 왜적이 더 위험하지 않습니까?”

이혼은 고개를 저었다.

“뒤에 왜군이 남아있으면 안심하고 싸울 수가 없소. 이는 도망치기 위해서가 아니라, 남쪽으로 내려가기 위해 하는 사전작업이오.”

말에 오른 이혼은 본부연대와 사단 중앙에서 행군했다.

말고삐는 언제나 그렇듯 익위사 기영도가 잡았다.

이혼의 앞과 옆에는 본부연대 소속 1, 2, 3대대가 같이 움직였다.

이들은 이혼을 보호하는 임무를 맡았다.

그리고 그 후방에는 군량과 무기, 포탄을 실은 보급부대가 따라왔다.

본부연대는 이처럼 지휘와 보급, 경호임무를 수행했다.

그런 본부연대 앞에는 유경천이 지휘하는 1연대가 있었다.

그리고 왼쪽은 정문부의 2연대, 오른쪽은 정현룡의 3연대가 지켰다.

이들 세 개 연대가 돌아가며 선봉과 좌우군을 맡아서 기습해올지 모르는 왜군에 대비해 안에 있는 이혼과 보급부대를 호위했다.

반대로 본부연대 뒤에는 포병연대가 따라왔다.

회령성에서 가져온 지자총통 열문이 포차에 실려 이동중이었다.

포병연대의 연대장은 포수의 우두머리 장산호였다.

갑자기 장수로 승격하는 바람에 장산호 본인조차 얼떨떨해하였다.

포병연대의 무기는 말 그대로 야포였다.

그러나 그 포로는 기습해오는 적을 막지 못해 호위병이 필요했다.

그 임무를 국경인의 5연대가 하였다.

5연대는 후군을 맡아 뒤에서 따라오며 앞서가는 포병을 호위했다.

반간계에 실패하긴 했어도 결과적으로는 성공한 작전이었기에 국경인과 전언국, 정석수 세 사람은 가장 큰 전공을 세운 셈이었다.

특히, 국경인은 왜장의 칼과 창을 상으로 받았다.

사실, 정탁이 국경인을 반간계로 쓰자 했을 때 말이 많았다.

반란을 모의한 자를 첩자로 보내면 더 위험하지 않겠냐는 거였다.

사실, 한 번 배신한 자가 두 번 배신한지 말란 법이 없었다.

오히려 한 번 해보아서 두 번째가 쉬울 수 있었다.

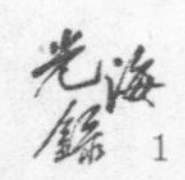

그러나 이혼은 국경인을 믿었다.

다행히 국경인은 우려를 뒤로한 채 첩자역할에 충실했다.

또, 사단에는 본대와 떨어져 움직이는 두 개의 독립부대가 있었다.

하나는 강문우가 지휘하는 독립정찰중대였다.

이들은 본대가 가는 길의 지형을 탐색하거나, 적의 매복을 감시했다.

그리고 이붕수가 지휘하는 유격연대는 조금 떨어진 곳에서 단독으로 움직이며 본대를 지원하거나, 적을 기습하는 임무를 맡았다.

이혼은 그가 아는 모든 정보와 지식을 짜내 이러한 진형을 만들어냈는데 목적지로 정한 국경에 도착하는 동안, 역할을 해냈다.

백두산 북동방향 국경에 도착한 이혼은 강문우에게 물었다.

"노토부락이 어디에 있는가?"

이혼의 질문에 국경을 둘러본 강문우가 대답했다.

"서쪽으로 1, 2리를 더 가서 강을 건너면 노토부락의 영역입니다."

"정찰중대가 강을 건너가서 왜군을 정탐해보게."

"예, 저하."

대답한 강문우는 발이 날랜 정찰중대 병사를 선발해 강을 건넜다.

양옆으로 끝없이 넓은 초지와 낮은 언덕, 그리고 황무지가 군데군데 보이는 북방의 길을 발에 땀이 나게 달린 강문우가 멈춰 섰다.

대군이 머물렀는지 사람의 대변이 근처에 굴러다녔다.

“제대로 찾아왔군. 가자!”

강문우는 부하들과 왜군이 남긴 흔적을 추적했다.

잠시 후, 그들은 검은 재만 남은 노토부락의 마을 몇 개를 보았다.

“왜적의 짓이군.”

마을은 태우는 방식이 왜군과 닮았다.

“장군, 북서쪽 언덕에서 싸우는 소리가 들립니다.”

주위를 정찰하러갔던 부하의 보고에 강문우는 다시 발을 놀렸다.

얼마 후, 그들은 작은 언덕 위에 배를 붙인 채 밑을 내려다보았다.

부하의 보고대로 수천이 넘는 왜군이 기치를 나부끼며 토성(土城) 하나를 공성하는 중이었다. 진흙과 나무로 쌓아올린 토성은 왜군의 공성공격을 견디지 못하여 거의 무너지기 일보직전이었다.

"너는 돌아가서 왜군의 위치를 본대에 알려주도록 해라."

"예."

몸이 날랜 부하 하나가 두만강으로 달려갔다.

그때였다.

"앗, 여진 기병이 옵니다."

다른 방향을 보던 부하의 말에 강문우의 시선이 홱 돌아갔다.

부하의 말대로 여진기병 천여 기가 먼지를 일으키며 달려들었다.

여진 기병은 먼저 화살을 쏘더니 이어 왜군 진형의 측면을 뚫었다.

갑작스러운 기병돌격에 당황했는지 왜군은 진형이 무너졌다.

"돌아가자."

"예?"

강문우의 말에 부하들이 의문을 표했다.

강문우가 들키지 않기 위해 포복으로 돌아오며 설명했다.

"이미 이 싸움은 노토부락이 이겼다."

강문우가 부하들과 막 떠났을 무렵.

노토부락 추장 노토가 이끄는 여진 기병은 왜군을 살육하는 중이었는데 화살을 쏘거나, 창으로 찌르니 왜군이 당해내질 못했다.

그리고 거기서 끝이 아니었다.

또 다른 기병이 반대편에서 돌격해오는 순간.

왜군은 걷잡을 수 없이 무너지며 퇴각하기 시작했다.

강문우는 퇴각하는 왜군과 함께 두만강으로 돌아갔다.

이미 그가 보낸 전령이 두만강을 건너 소식을 전했는지 강 너머에 있는 언덕 위에 얼핏 조선인으로 보이는 병사들이 서있었다.

강문우의 예측은 정확했다.

그 언덕 너머에는 이혼이 이끄는 근위사단이 이미 매복 중이었다.

강문우를 보낸 이혼은 작전의 성패가 정찰에 있음을 알았다.

왜군이 노토부락에 패하는 건 기정사실이었다.

그렇다면 도망쳐오는 왜군을 마저 제거하기 위한 그물이 필요했다.

한데 문제는 어디에 그물을 치느냐 였다.

장소예측에 실패하는 순간, 그들은 눈을 똑바로 뜬 채 왜군이 조선으로 도망쳐 오는 모습을 지켜봐야 해서 신중한 접근이 필요했다.

다행히 강문우가 보낸 전령이 당도해 시간을 벌었다.

근처에 다른 길이 없어 왜군은 일방통행 밖에 도리가 없었다.

이혼은 근처 지리에 밝은 토병을 불러 하문했다.

"이 곳의 이름이 무엇인가?"

"대추골이라하옵니다."

"대추골이라……. 그럼 이 근처에 병사가 숨을 만한 장소가 있는가?"

토병이 손을 번쩍 들어 서쪽을 가리켰다.

"서쪽에 나무가 우거진 숲이 하나 있는데 낮에 빛이 잘 들어오지 않아 여기 사람들도 웬만하면 들어가지 않는 장소가 있습니다."

"그 밖에는?"

"으음, 동쪽에는 야트막한 산이 하나 있습니다."

"매복하기에는 어떤가?"

"산 뒤에 숨으면 두만강 쪽에서는 발견하기 어렵습니다. 그리고 뒤에 호랑이 등처럼 평지가 넓게 펼쳐져있어 매복하기 좋습니다."

토병을 돌려보낸 이혼은 연대장을 불렀다.

곧 1연대장 유경천, 2연대장 정문부, 3연대장 정현룡, 5연대장 국경인, 본부연대장 이호의 등이 부름을 받아 이혼의 막사에 모였다.

이혼은 토병에게 들은 정보를 연대장에게 상세히 공개했다.

그에게 계획이 없지는 않았다.

그러나 지금 시대의 병법은 잘 몰랐다.

그가 아는 병법이란 공군의 지원을 받으며 먼저 포병이 적 시설물을 타격한 후 기갑을 앞세운 기계회부대가 진주하는 방식이다.

지금 가진 병과로 가능한 병법은 연대장들이 더 해박했다.

유경천은 이혼을 보며 물었다.

"저하께서는 왜군이 노토부락에 패할 거라 확신하십니까?"

"확신하네."

"장담하시는 이유를 알려주십시오."

"왜군이 패할 수밖에 없는 몇 가지 이유가 있네. 먼저 하나는 저들은 보급선이 길어져 제대로 된 보급을 받지 못하는 중이네. 그 말은 조총에 사용할 화약과 화살이 부족하다는 말이지. 그나마 여진 기병에 이점이랄 수 있는 화약이 부족하니 냉병기로 싸워야하는데 보병이 많은 왜군이 어찌 기병을 상대할 수가 있겠는가."

이혼의 말은 이치에 합당해 모두 고개를 끄덕였다.

"두 번째 이유는 이 지역의 지형에 왜군은 어두운 반면, 노토부락은 이 근처 지형을 손바닥 보듯 아니 지형의 이점이 노토에 있네. 또, 왜군이 평소처럼 노토부락 마을을 약탈하거나, 마을에 불을 질렀다면 노토부락은 웬만한 피해로는 절대 물러서지 않을 걸세."

유경천은 여전히 미심쩍은 모양이었다.

아니, 여기서 시간을 지체하는 일에 불만이 있는듯했다.

"왜군이 언제 퇴각할지 모르는데 그들을 마냥 기다릴 수는 없는 노릇입니다. 지금도 함경도 남쪽에서는 전투가 한창일 겁니다."

"자네의 불만은 알겠네. 그러나 머지않았으니 기다려보세."

이혼은 유경천을 설득해 1연대는 서쪽에 있는 숲에 매복하게 하였다.

그리고 정문부의 2연대는 동쪽에 있는 언덕 뒤 평지에 보냈으며 마지막으로 3연대와 5연대, 포병연대는 남쪽 길을 막도록 했다.

"왜군이 안으로 깊숙이 들어오면 본부에서 신호를 보낼 걸세. 그럼 먼저 퇴로를 막은 후 포병이 제압포격한 후에 공격을 시작하게."

정문부가 손을 들었다.

"왜군이 노토부락의 기병을 꼬리에 문 채 나타나면 어찌 합니까?"

"으음, 그 문제를 생각하지 못했군. 그럴 때는 어떻게 해야 하는가?"

이혼은 솔직히 시인하며 연대장의 의견을 물었다.

그 모습에 연대장들은 의외라는 모습을 보였다.

원래 지위가 높은 사람일수록 자신의 실수를 인정하지 않는 법이다.

한데 이혼에게는 그런 점이 전혀 없었다.

오히려 솔직하게 나오며 연대장의 의견을 구했다.

국경인이 눈치를 보다가 조심스레 입을 열었다.

회령전투에서 큰 공을 세운 그가 이젠 배신하지 않을 것임을 모두 알았지만 어쨌든 여전히 자기 의견을 피력하는데 조심스러웠다.

“소장이 노토와 안면이 있으니 제가 막아보겠습니다.”

“5연대도 2연대와 같이 언덕 뒤에 매복해 있게. 그러다가 노토가 왜군을 쫓아 도하하려는 거 같으면 자네가 설득을 해보게. 안 되면 어쩔 수 없이 자네가 시간을 끄는 사이, 본대가 나설 것이네.”

“감사합니다.”

국경인이 대답하는 것으로 작전은 세워졌다.

이제 그들이 친 그물로 왜군이 들어오기를 기다릴 뿐이었다.

다행히 기다림의 시간은 그리 길지 않았다.

그 날 밤, 강문우가 지친 모습으로 강을 건너와 이혼에게 아뢰었다.

“왜군이 퇴각중입니다.”

"이곳 대추골로 오는 게 확실한가?"

"예, 저하. 부하를 붙여 감시하는 중인데 현재까지는 확실합니다."

"수고했네. 가서 휴식을 취하게."

"황송합니다."

강문우를 돌려보낸 이혼은 본부연대 통신참모를 불렀다.

통신참모는 본부연대에 속한 군관 중에 발이 빠르거나, 몸이 날랜 자를 임명했는데 각 연대에 본부의 명을 전달하는 일을 맡았다.

"곧 왜군이 당도할 모양이니 모두 준비하라 이르게."

"예, 저하."

통신참모는 바로 본부연대 통신과의 전령들을 각 연대에 보냈다.

그로부터 30분이 지났을 무렵.

따그닥!

말발굽소리가 들려오더니 이내 패잔병 수천 명이 모습을 드러냈다.

수백 개의 기치 중에 남아 있는 깃발은 수십 개에 불과했다.

깃발로 위세를 높이는 왜군의 전술로 봤을 때 대패한 게 분명했다.

이혼은 왜군의 군기를 자세히 살펴보았다.

중천에 보름달이 떠있어 알아보는 일은 어렵지 않았다.

흰색 바탕에 도넛처럼 검은색 구멍이 뚫려 있는 군기였다.

'내 기억에 의하면 저건 가토 기요마사의 군기다.'

이혼은 초조한 표정으로 왜군이 강을 도하하는 모습을 지켜보았다.

두만강 앞에서 멈춘 왜군은 뗏목을 만드느라 부산을 떨었다.

잠시 후, 완성한 뗏목에 몸을 실은 왜군이 하나둘 도하를 시작했다.

두만강을 건너갈 때는 어부의 배를 징발했는데 돌아올 때는 그럴 틈이 없어 뗏목이나, 판자를 배 삼아 도하에 나서는 중이었다.

왜군이 온 방향에서 무기 부딪치는 소리와 고함소리가 들려왔다.

화가 난 노토부락 기병이 그새 쫓아온 것이다.

왜군은 두만강과 노토부락의 기병대에 앞뒤가 모두 막혔다.

"기다려라."

이혼은 명령을 내리며 스스로에게 경고했다.

지금 부랴부랴 강을 건너는 적을 공격하면 대승을 거둘 수 있었다.

그러나 왜군이 강에서 흩어져버리면 고통을 받는 건 이 주변 지역의 백성들이어서 이혼은 적을 섬멸하기 위해 냉정하게 기다렸다.

노토부락에 쫓기며 몇 시간 동안 강을 건넌 왜군이 마침내 조선에 상륙했다. 그들은 이제 안심했는지 긴장이 풀어진 모습이었다.

강변에 도착한 노토부락의 기병이 여진말로 뭐라 소리를 질렀다.

알아듣지는 못하지만 욕이 분명했다.

그래도 화가 풀리지 않는지 노토부락 기병들도 뗏목을 만들었다.

지옥 끝까지 왜군을 쫓아올 기세였다.

"기다려라."

이혼은 계속 같은 명을 내렸다.

낭패한 모습의 왜군 패잔병 3천여 명이 길을 따라 남하를 시작했다.

워낙 호되게 당해서인지 사기는 떨어질 대로 떨어져 있었다.

그런 왜군 앞에 엎친 데 덮친 격으로 또 하나의 장애물이 등장했다.

그들이 가는 길 가운데 나무와 풀이 쌓여 있었던 것이다.

왜장은 주위를 둘러보았다.

여기를 지나가려면 옆에 있는 숲이나, 언덕을 크게 우회해야했다.

왜장의 시선이 뒤로 향했다.

노토부락 기병이 뗏목에 말을 운반해서 건너오는 중이었다.

여기서 지체하면 다시 한 번 지옥과 같은 추격전을 경험해야했다.

여진기병은 지독하기 짝이 없어 도저히 멈출 기미가 없었다.

왜장은 가신을 보내 나무와 풀을 치우도록 했다.

멀리 우회하느니 나무와 풀을 치운 후 가는 게 빨랐다.

왜군이 우르르 달려와 나무와 풀을 치우는 순간.

이혼은 일어나 소리를 질렀다.

"지금이다! 화살을 쏘아라!"

명이 떨어지기 무섭게 은신해 있던 병사들이 일어나 활을 쏘았다.

병사들은 구덩이 안에 들어가 있거나, 옷에 나뭇가지를 꽂아 위장해 있다가 이혼의 명이 들리는 순간, 바로 일어나 화살을 쏘았다.

갑자기 날아드는 화살 비에 왜군은 추풍낙엽으로 쓰러졌다.

이혼은 계속 명을 내렸다.

"이제 화포를 쏘아라!"

만반의 준비를 한 채 기다리던 장산호가 벌떡 일어나 소리를 질렀다.

"방포!"

그와 동시에 나무와 풀로 위장했던 지자총통이 포신을 드러냈다.

왜군은 갑자기 나타난 조선군과 화포에 놀라 두만강으로 퇴각했다.

그러나 뒤이어 날아드는 용란의 사정거리 안이었다.

펑펑펑!

용란이 길을 따라 떨어지며 왜군에게 큰 피해를 입혔다.

왜장은 부하들이 다 죽기 전에 길에서 나와 숲과 언덕 양쪽으로 부하들을 피신시켰는데 이미 그 자리에도 조선군이 매복해 있었다.

"불화살을 쏘아라!"

투구에 나뭇가지를 꽂아 위장한 유경천이 소리치는 순간.

1연대 궁병이 발사한 불화살이 밤공기를 가르며 속속 날아들었다.

명을 받은 후 횃불에 붙을 붙여 불화살을 만들고 또 그걸 왜군에게 발사하는 일련의 동작이 물이 흐르듯 자연스러워 과연 함경도 토병이 괜한 명성을 얻은 것이 아님을 만천하에 드러내었다.

화르륵!

불화살이 미리 뿌려둔 나뭇잎에 불을 붙여 큰 불을 만들어내었다.

화공에 당한 왜군은 다시 반대편에 있는 언덕으로 몰려갔다.

그러나 기다리던 2연대장 정문부의 병사들에게 기습공격을 받았다.

양쪽에서 화공을 당한 왜군은 불길을 피해 두만강으로 다시 달렸다.

노토부락의 기병대가 있기는 하지만 타죽는 거보단 나았다.

왜군 일진이 강변에 막 도달하는 순간.

"쳐라!"

쩌렁쩌렁한 외침이 들려오더니 5연대가 바람처럼 나타나 막아섰다.

국경인이 아주 적절한 때에 모습을 드러내 퇴로를 차단했다.

마침내 포위망을 완성한 이혼은 마지막 명을 내렸다.

"기병과 보병을 내보내 섬멸하라!"

회령전투를 거치며 어느 정도 감을 잡은 이혼의 명에 각 연대의 기병이 먼저 출발해 왜군을 몰아붙였다. 그리고 그 사이 보병은 포위망을 형성한 채 접근해 왜군이 도망치지 못하게 만들었다.

30분 간 이어진 전투 끝에 왜군은 모두 섬멸 당했다.

이혼은 전장을 똑바로 쳐다보았다.

다행히 달빛이 그렇게 강하지 않아 참혹한 장면은 보이지 않았다.

"대승입니다, 저하!"

본부연대장 이호의의 보고에 이혼은 침착하게 명을 내렸다.

"부상자는 가까운 성으로 옮기도록 하세. 그리고 전사자는 매장하게."

"예!"

이혼의 명이 연주포처럼 이어졌다.

"왜군의 갑옷과 무기, 화약을 전리품으로 챙기게!"

"알겠습니다!"

"불이 야산으로 번지지 못하도록 병력을 파견해 화재를 진압하게!"

"방금 병력을 보내 불을 끄도록 했습니다!"

이혼은 기영도가 가져온 말에 올라 이호의에게 물었다.

"국경인은 노토부락의 추장과 만나는 중인가?"

"당장 통신과 전령을 보내 상황을 알아보겠습니다."

"서두르게!"

명을 받은 통신과 전령이 북쪽으로 뛰어갈 무렵.

정작 당사자인 5연대장 국경인은 편안한 표정과 복장으로 왜군을 쫓아 강을 건너온 노토부락 추장 노토와 면담하는 중에 있었다.

노토는 건주에 속한 여진족의 한 갈래였다.

만주란 명칭은 누르하치가 후금을 건국한 후 등장하는 명칭이긴 하나 어쨌든 이 만주에 사는 여진족은 크게 세 부류로 나뉘었다.

바로 해서여진, 건주여진, 야인여진이었다.

그 중 해서와 건주는 명나라의 통제를 강하게 받았다.

반면에 야인여진은 멀리 떨어져 있어 상대적으로 감시가 덜했다.

명나라는 해서, 건주 두 부족을 다스리는 방법으로 이이제이(以夷制夷), 즉 오랑캐로 오랑캐를 다스리는 방법을 주로 사용하였다.

명나라 조정은 해서, 건주의 두 부족 족장들을 포섭하여 그들에게 명나라를 대신하여 여진족을 다스릴 권한을 주는 대신, 생필품거래와 같은 교역을 이용해 반란을 일으키지 못하도록 감시했다.

그들이 말을 잘 들으면 생필품을 거래했다.

그리고 말을 듣지 않으면 거래를 끊는 것이다.

한데 몇 백 년 동안 이어지던 체계가 근래 들어 무너졌다.

해서는 여전히 명나라에 복종을 하는 반면, 두만강과 압록강 유역에 주로 거주하는 건주가 명나라에 대항을 하기 시작한 것이다.

그리고 그 중심에는 건주좌위의 족장 누르하치가 있었다.

건주는 내륙에 사는 해서여진과 달리 조선과 밀접한 관계가 있었다.

그들은 백두산을 중심으로 강 유역에 주로 거주해 조선과 만주 국경을 사이에 두고 조선과 많은 분쟁을 일으켰는데 분쟁이 없을 때는 국경에서 만나 필요한 생필품을 거래하며 교류에 나섰다.

노토는 이 건주의 한 갈래였다.

국경인은 노토부락의 족장 노토와 안면이 있어 여진말로 물었다.

"조선 땅에 침범한 이유가 무엇이오?"

"몰라 묻는 게 아닐 텐데……."

"모르니 물어보는 게 아니오?"

국경인의 말에 노토가 코웃음을 쳤다.

"당신들 말로 시치미를 떼는군."

국경인이 여진 말을 알 듯 노토 역시 조선말을 할 줄 알았다.

국경인은 어깨를 으쓱하며 물었다.

"다시 묻겠소. 조선에 침범한 이유가 무엇이오? 만약, 정당한 사유가 없다면 침략으로 간주하여 상응하는 대가를 치러야할 것이오."

노토는 화가 났는지 고함을 지르려다가 간신히 참았다.

그는 방금 조선군이 왜군을 섬멸하는 무시무시한 모습을 목격했다.

풍문에 따르면 조선군은 왜군에 연전연패해 땅을 다 잃었다.

남쪽 왜군이 두만강을 넘어 그들의 부락에 침입한 게 그 증거였다.

조선군이 멀쩡하다면 왜군이 어찌 넘어오겠는가.

한데 대패해 흩어졌다는 조선의 정규군이 강력한 화력과 물 샐 틈 없는 포위망을 앞세워 침략해온 왜군을 단숨에 일망타진하였다.

부하를 다 데려왔으면 몰라도 지금은 참아야했다.

"왜군이 우리 부락에 쳐들어와 마을을 불태우는 바람에 추격에 나선 것이오. 우리는 왜군을 쫓아왔지 조선을 침범한 게 아니오."

"그럼 우리가 당신들의 복수를 했으니 이제 돌아가시오."

노토가 대면한 후 처음으로 미소를 지었다.

"왜군이 여기까지 올라온 걸 보면 사정이 여의치 않은 모양이오?"

"본국의 사정을 외인에게 말할 수는 없지만 지금 당신도 보았다시피 왜구가 극성을 부리는 바람에 찾아다니며 박살내는 중이오. 그러니 그만 신경 끄고 부하들과 함께 돌아가도록 하시오. 미적거리다가 왜구와 내통한 걸로 보이면 서로 골치 아파지지 않겠소?"

국경인의 은근한 협박에 노토가 코웃음을 치더니 기수를 돌렸다.

노토부락 기병대가 만주로 돌아간 후.

국경인은 상황을 알아보기 위해 온 통신과 전령에게 소식을 전했다.

잠시 후, 소식을 전해 받은 이혼은 안도의 숨을 내쉬었다.

왜군에게 영토를 반 이상 점령당한 와중에 여진족이 북쪽 국경마저 어지럽힐 경우, 그야말로 설상가상인 상황이 펼쳐지는 것이다.

이혼은 전장을 정리하던 이호의를 불렀다.

"왜군 중에 왜군 대장 가토 기요마사가 있는지 알아보게."

"예, 저하."

이호의는 항복한 왜군을 문초해 몇 가지 정보를 알아냈다.

"같은 가토기는 한데 큰 가토가 아니라 작은 가토라합니다."

이호의의 말에 이혼은 고개를 갸웃하며 물었다.

"작은 가토? 그게 무슨 말인가?"

"가토 기요마사가 아니라, 가토 우마노조라는 젊은 가신이라 합니다."

"그럼 큰 가토는 지금 어디에 있는가?"

"함흥에서 호랑이사냥을 하느라 정신이 없답니다."

실제로 가토군의 진중에는 호랑이가죽과 말린 고기들이 수북했다.

'가토 기요마사가 애를 가지지 못하는 도요토미 히데요시를 위해 불임에 좋은 호랑이고기를 모으려했다는 말이 사실인 모양이군.'

어쨌든 근위사단의 다음 목표가 정해졌다.

바로 가토 기요마사의 본대가 있는 함흥이었다.

함흥은 함경도에서 경성, 길주와 함께 가장 큰 도시였다.

또, 함경도 남쪽에 위치해 북방으로 가는 관문역할을 겸했다.

다시 말해 이 함흥을 탈환해야 함경도를 수복한 거라 할 수 있었다.

남진을 시작한 근위사단은 함흥으로 가는 동안 왜군 별동대와 마주쳤으나 모두 승리해 함경도 북부를 수복하는 큰 공을 세웠다.

함흥이 멀지 않았을 때였다.

북쪽에서 일단의 인마가 먼지를 일으키며 모습을 드러냈다.

긴장한 근위사단은 급히 대응진형을 갖추느라, 분주하게 움직였다.

8장. 함흥수복전(咸興收復戰)

8장. 함흥수복전(咸興收復戰)

잠시 후, 인마의 정체가 드러났다.

그들은 북병사 한극함과 그가 모아온 함경도 토병 5천이었다.

해정창전투에서 가토 기요마사에게 패한 한극함은 왜군의 추격을 피해 만주에 있는 여진족 부락으로 도망쳤다. 당시, 회령에 임해군과 순화군이 있음에도 그는 왕자들을 버려둔 채 도망친 것이다.

한극함은 이혼을 발견하자마자 말에서 내려 바닥에 바짝 엎드렸다.

"신을 죽여주시옵소서."

한극함이 누구인지 허준이 알려주어 이혼은 당황하지

않았다.

"그대는 북병사가 아니오?"

"그, 그렇습니다."

"해정창에서 패한 직후 모습을 감춘 걸로 아는데 돌아온 것이오?"

한극함은 엎드린 채 대답했다.

"해정창전투에서 중과부적으로 패한 소장은 토병을 더 모으기 위해 북방으로 간 것일 뿐, 결코 왜군이 두려워 내뺀 게 아닙니다."

이혼은 한극함 뒤에 있는 토병 5천을 보며 물었다.

"공이 전부 모았소?"

한극함의 눈에 살짝 고민의 빛이 지나갔다.

그러나 그는 이내 사실대로 털어놓았다.

"약방 부제조 정탁대감이 뿌린 격문에 응원해 회령으로 모인 토병을 제가 영의정 최흥원대감에게 인계받아 저하에게 데려왔습니다."

"영상은 지금 어디 있소?"

"경성에서 길주를 거쳐 지금은 단천에 있는 줄로 압니다."

이혼은 고개를 끄덕였다.

'걱정했는데 영상대감이 잘해주는군.'

영의정 최흥원과 약방 부제조 정탁 등은 곤위사단의 후방에 남아 보급과 병력동원의 임무를 맡았는데 생각보다 훨씬 잘해주었다.

이혼은 한극함이 데려온 병력 5천을 나누어 근위사단에 배속했다.

이제 근위사단은 1만에 가까운 대군으로 성장했다.

또, 이리하여 각 연대장은 2천 명 이상의 병력을 거느리게 되었다.

이혼의 조치에 한극함은 실망하는 기색이었다.

그는 이혼이 5천 병력을 그에게 맡길 줄 안 모양이다.

체면을 조금 구기긴 했어도 한극함의 지위는 여전히 북병사였다.

북병사는 함경도 병마절도사 중에 경성 북병영의 절도사였다.

여진족과 국경을 마주한 상태에서 방어할 영토마저 넓은 함경도의 특성으로 인해 함경도에는 총 세 명의 병마절도사가 있었다.

먼저 함흥에 있는 함경도관찰사가 본영(本營)의 절도사를 겸했다.

그리고 북쪽에 있는 경성에 북병영을 설치해 북병사를 두었으며 북청(北靑)에는 남병영(南兵營)을 두어 남병사(南兵使)를 두었다.

이렇듯 세 명의 병마절도사가 함경도를 나누어 방어했다.

그 중에 북병영은 여진족과 국경을 마주한 지역을 관할

하여 북병사는 함경도 최전방을 방어하는 최고사령관과 비슷한 위치였다.

그런 위치에 있는 북병사 한극함은 이혼이 그가 데려온 5천을 근위사단에 보충하는 대신, 그에게 주어 지휘하게 할 줄 알았다.

사실, 한극함은 마음이 급했다.

해정창에서 신중한 작전을 제안하는 토병들의 말을 무시한 채 성급하게 공격했던 그가 크게 패하는 바람에 함경도가 넘어갔다.

심지어 임해군과 순화군이 회령에 있다는 사실을 안 상태에서 도망쳐 여진족에게 의탁했는데 이는 불충으로 처벌받을 일이었다.

만약, 여기서 큰 공을 세우지 못할 경우, 그는 꼼짝없이 배신자로 낙인이 찍혀 목이 달아날 처지였기에 만회할 기회가 간절했다.

한데 그 기회를 이혼이 앗아가 버렸으니 초조해 미칠 지경이었다.

이혼은 불안한 표정으로 눈동자를 굴리는 한극함을 보았다.

"당신은 전장에서 도망쳤소. 이는 탈영에 해당하오."

"사세가 부득이하여……."

"더구나 회령에 임해군과 순화군이 있어 두 왕자를 지

키라는 명을 받았을 텐데 회령이 아닌 온성으로 도망쳐 여진족에게 몸을 의탁한 건 왕실에 대한 불충에 해당하오. 이 두 가지 죄는 모두 중형을 면키 어려운 죄이니 당신이 살아날 가능성은 없을 것이오."

엎드려있는 한극함의 몸에서 땀이 비 오듯 흘렀다.

"부디 자, 자비를……."

"내가 당신을 중용하면 나 역시 정치적인 부담을 안게 되오."

"알고 있사옵니다."

"내가 당신을 중용한다면 당신은 나에게 무엇을 주겠소?"

하늘에서 내려온 구명줄을 본 사람처럼 한극함이 서둘러 대답했다.

"목숨을 바쳐 보필하겠습니다."

"그 마음 변치 않기를 바라겠소."

이혼은 그 날 바로 한극함을 근위사단 참모장(參謀長)에 임명했다.

만약, 이 자리에 영의정 최흥원이나, 약방 부제조 정탁이 있었으면 극력으로 반대했을 것이다. 도망친 한극함을 안게 되면 거기서 발생하는 정치적인 후폭풍을 고스란히 이혼이 안게 되어 있었다.

이혼은 한극함이 가져온 군량으로 배불리 식사를 했다.

회령전투와 백두산전투에서 연달아 승리한 덕분에 오락

가락하던 함경도의 민심이 다시 조선 왕실로 돌아와 군량 보급이 늘었다.

식사를 마친 근위사단은 함흥 북쪽에 도착해 진채를 세웠다.

1연대가 전군, 2연대가 좌군, 3연대가 우군, 본부연대가 중군, 5연대가 후군을 형성해 그 안에 포병연대를 호위하는 식의 진형이다.

이혼은 부관 정말수를 불렀다.

국경인의 부하이던 정말수는 가문 대대로 함경도 토병이었는데 눈치가 빠른데다 기지마저 영활해 그를 보좌하는 부관에 임명했다.

"부르셨습니까?"

"회의를 열 테니 참모와 연대장을 불러오게."

"예, 저하."

정말수는 바로 연대장들을 이혼의 막사로 불렀다.

잠시 후, 먼저 참모진이 막사를 찾았다.

그들은 참모장 한극함, 군수참모 고상, 군의관 허준 등이었다. 그 외에 인사참모, 통신참모, 작전참모 등이 있어 참모만 열이 넘었다.

그리고 그 뒤를 이어 1연대장 유경천, 2연대장 정문부, 3연대장 정현룡, 5연대장 국경인, 본부연대장 이호의, 포병연대장 장산호, 유격연대장 이붕수, 독립정찰중대 중대장 강문우가 모습을 보였다.

강문우는 중대장이었지만 임무가 막중해 지휘관 회의에 참석했다.

이혼은 연대장이 착석하기 무섭게 강문우에게 물었다.

"함흥성을 정찰해보았는가?"

"예, 저하."

"정찰한 내용을 말해보게."

"병사 몇 명이 함흥 백성으로 위장하여 정찰에 성공했는데 가토 기요마사가 5천 보기군과 함께 농성 중인 정보를 확인했습니다."

이혼은 잠시 생각하다가 다시 물었다.

"왜적의 분위기가 어떠하던가?"

"회령에서 대패했다는 소식을 접했는지 왜군의 사기는 별로였습니다. 더구나 보급마저 제대로 받지 못해 곤란한 듯 보였습니다."

"정찰중대는 계속 회령성을 감시하며 정보를 모아오게."

"예, 저하."

명을 받은 강문우가 군례를 올리더니 막사를 빠져나갔다.

이혼은 이어 유격연대장 이붕수를 보았다.

"보급에 문제가 발생했으면 필시 주변 마을을 약탈해 충당하려 할 테니 유격연대는 이들을 기습해 보급 활동을 방해하도록 하게."

"알겠습니다."

이붕수를 보낸 이혼은 연대장을 둘러보며 물었다.

"왜적이 함흥성에서 나오지 않는 이상, 방법은 공성밖에 없을 것이오. 지금까지 우리는 농성한 전력이 있을 뿐, 공성은 아직 경험이 없는데 제장들에게 좋은 작전이 없겠소? 있다면 말해보시오."

3연대장 정현룡이 먼저 입을 열었다.

"얼마간 희생이 있더라도 공성에 나서야할 줄 아옵니다. 이 함흥을 빨리 수복하지 못하면 전선이 고착되어 어려움이 많을 겁니다. 저희 3연대에 선봉을 맡겨주십시오. 왜장의 목을 바치겠습니다."

유경천이나, 정문부에 비해 공이 적은 정현룡은 요즘 부쩍 서둘렀다.

그 즉시, 2연대장 정문부가 반대를 표했다.

"우리는 이 전투에서 이겨야하는 건 당연하거니와 최소한의 희생으로 승리해야합니다. 그래야 이후의 전투에서 전력을 온존한 채 싸워 왜적을 물리칠 수 있습니다. 한데 함흥에서 모든 전력을 소진한다면 가장 큰 전력인 함경도 토병을 잃을 우려가 있습니다."

1연대장 유경천은 정현룡의 의견에 더 가까웠다.

"시간을 더 끌면 삼남에 있는 왜군이 올라와 우리 뒤를 칠겁니다. 지금은 수적으로 우위에 있지만 계속 그러리라는 법은 없습니다."

이혼의 시선이 국경인을 향했다.

"5연대장의 생각은 어떤가?"

"거짓으로 퇴각하는 척하며 유인계를 펼쳐보는 게 좋을 듯합니다."

여러 가지 작전이 나왔으나 이거다 하는 작전은 없었다.

이혼은 회의를 마치며 생각했다.

'가장 좋은 방법은 지자총통으로 용란을 발사해 성벽을 무너트리는 거다. 그러나 용란의 비축분이 적어 지금 사용할 수는 없다.'

더구나 이혼이 지자총통을 개조해 만든 야포는 직사포였다.

성벽처럼 앞에 엄폐물이 있는 장소를 공격하기에는 무리가 있었다.

그때, 이혼의 머릿속에 한 가지 생각이 떠올랐다.

경주성(慶州城)을 탈환할 때 대완구(大碗口)로 비격진천뢰를 성 안에 발사해 왜군을 상대로 공성에 성공한 기록이 전해 내려왔다.

'공성에는 직사포보다는 박격포가 낫겠지.'

대완구는 지금으로 따지면 박격포에 가까워 곡사포격이 가능했다.

이혼은 바로 참모장 한극함을 불렀다.

"참모장은 근처에 있는 성을 돌며 대완구를 모아오시오. 그리고 비격진천뢰가 있으면 같이 모아오시오. 급한 일이니 서둘러야하오."

명을 받은 한극함은 그 길로 진중을 떠났다.

그 날 밤이었다.

함흥을 감시하던 정찰중대 소속 병사는 성문이 열리는 소리에 졸린 눈을 부릅떴는데 순식간에 수천 명의 왜군이 모습을 드러냈다.

야간에는 피아를 식별하기 어려워 웬만한 일이 아니면 공격에 나서기를 꺼려하는 편이었는데 갑자기 왜군이 대규모로 움직였다.

빨리 전해야한다는 생각에 서둘러 일어나는 순간.

근처 풀숲에서 검은 옷을 사내가 달려와 칼을 휘둘렀다.

병사는 비명을 지를 새도 없이 칼에 가슴을 베여 쓰러졌다.

몸을 가볍게 하느라 갑옷을 입지 않았기에 일격에 목숨을 잃었다.

정찰중대 병사를 쓰러트린 왜군 역시 갑옷을 입지 않기는 마찬가지였는데 갑옷 대신에 온 몸을 검은 옷으로 칭칭 감은 상태였다.

그는 다름 아닌 왜군의 닌자였다.

닌자는 자객과 첩자 역할을 동시에 하는 특수부대였다.

전국시대를 거치는 동안, 왜국의 영주들은 이러한 닌자

를 대거 고용해 적의 정보를 빼오거나, 아니면 적을 암살하는데 사용했다.

닌자들은 이처럼 함흥을 감시하는 정찰중대를 제거해나갔다.

그리고 그 사이 가토 기요마사가 직접 지휘하는 3천여 병력은 함흥성을 나와 함흥 북쪽 안진골에 진채를 내린 조선군을 찾았다.

총 5천의 왜군 중 2천을 함흥성 방어를 위해 남겨둔 가토 기요마사는 3천으로 1만을 상회하는 조선군을 향해 거침없이 진군했다.

그렇다고 정면승부를 택한 건 아니었다.

수많은 전투를 치르며 경험과 연륜이 쌓인 가토 기요마사는 전군 1연대와 우군 3연대 사이에 마치 쐐기를 박듯 창을 찔러 넣었다.

"왜적이 성을 나와 안진골로 진격 중입니다!"

강문우가 왜군의 기습을 알림과 동시에 왜군의 조총소리가 울렸다.

조선군은 아직 진퇴를 결정하지 못한 상태였다.

그래서 방책조차 제대로 만들지 못해 오른쪽이 크게 돌파 당했다.

조총소리가 어지럽게 울리더니 이번에는 화살이 날아왔다.

더구나 그냥 화살이 아니라, 불을 붙인 불화살이 막사에 떨어졌다.

화르륵!

진채에 불이 나며 병사들이 당황해 허둥거렸다.

아무리 정병이라도 야간에 화공을 당하면 허둥거릴 수밖에 없다.

본부연대장 이호의가 달려와 다급하게 권했다.

"상황이 급하니 저하께서는 후퇴하심이 어떻습니까?"

"그 정도로 나쁜가?"

"3연대가 무너져 적이 본부연대까지 진격해 들어왔습니다!"

"1연대는 무얼 하는가?"

"당황한 3연대가 1연대를 적으로 오인하는 바람에 모두 꼬였습니다!"

이혼은 이마를 짚었다.

"아군을 적으로 오인하다니 왜 이런 일이?"

이호의가 송구한 표정으로 고개를 숙였다.

"북병사가 북방에서 새로 데려온 5천명과 기존에 있던 병사들 간에 아직 협조가 여의치 않아 이런 사태가 벌어진 거 같습니다."

이혼은 인정하지 않을 수 없었다.

가토 기요마사가 알고 그랬는지는 모르겠지만 한 방 크

게 먹었다.

'우리가 가장 취약할 시기를 골라 야간 기습을 해오다니.'

그 순간, 왼쪽에서 날아든 탄환이 이혼을 스치듯 지나 막사에 박혔다.

깜짝 놀란 허준이 물었다.

"괜찮으십니까?"

"괜찮소."

부축하려는 허준을 말린 이혼은 이호의에게 명했다.

"진채를 물리면 더 큰 피해를 입을 테니 어떻게든 막아 보게."

"예, 저하."

이호의는 본부연대 1대대와 2대대를 불러 적을 막으러 갔다.

아군이 뒤엉켜 있어 왜군은 아무데나 쏴도 되는 상황이었다.

이호의가 밀리는지 왜군이 발사하는 총소리가 가까이서 들려왔다.

"3대대와 5대대도 가서 지원하라!"

참모 하나가 반대했다.

"그러면 저하의 호위에 빈틈이 생깁니다."

"후군에 있는 5연대에 연락해 병력을 지원받도록 하라."

"알겠습니다."

참모들은 급히 통신과 전령을 내보내 진형을 재구축했다.

국경인의 5연대가 올라와 이혼을 호위하고 그 사이 본부연대 3대대와 5대대는 왜군을 상대하는 이호의를 도와주기 위해 움직였다.

이혼은 막사에 번지는 불을 보더니 급히 명했다.

"화재가 포병연대까지 번져서는 안 된다! 모두 합심해 불을 꺼라!"

이혼의 명에 병사들은 식수를 가져와서 막사에 붙은 불을 진압했다.

만약, 화약이나, 포탄에 불이 붙으면 모두 끝장이었다.

"와아아아!"

왜군인지, 아군인지 모를 함성소리가 천지를 흔들며 들려왔다.

이혼은 잠시 귀를 기울이며 기대를 해보았으나 아군이 아니었다.

본부연대의 방어선마저 뚫리며 왜군이 중군까지 들어왔다.

밤이었음에도 왜군이 휘두르는 창날이 선명하게 보일 지경이었다.

이혼을 시위하던 국경인이 말을 향해 달려가며 보고했다.

“소장이 막겠사옵니다.”

“그리하게.”

군례를 취한 국경인은 훌쩍 말에 올라 적진으로 돌격했다.

“5연대 병사들은 나를 따르라!”

국경인 뒤를 5연대 기병이 따르니 먼지가 검은 하늘을 뒤덮었다.

국경인은 말 위에서 창을 찌르고 휘두르고 내려치며 적을 막았다.

국경인의 분전과 5연대의 합류로 왜군의 진격은 중단되었다.

국경인은 부러진 단창을 버린 후 대환도를 들었다.

환도는 작아서 적을 공격하기 어렵지만 대환도는 길어서 가능했다.

그런 국경인의 시선에 왜군의 주장이 눈에 들어왔다.

말을 탄 주장 옆에 부챗살처럼 생긴 우마지루시가 같이 움직였다.

“5연대는 나를 따르라!”

소리친 국경인은 왜군을 대환도로 베어내며 돌격했다.

그 기세가 얼마나 사납던지 왜군이 움찔하며 몸을 피할 지경이었다.

그러나 왜군도 주장에 대한 방어는 아주 견고했다.

그 즉시, 하타모토부대가 튀어나와 국경인을 막았다.

하타모토가 밀리면 근위시동이 튀어나오고 가신단마저 합류했다.

국경인은 말 위에서 상체를 뒤로 눕혀 창을 피했다.

왜군의 창은 길어서 기병을 상대하기 좋았다.

다만, 너무 길어서 일격에 실패하면 다음은 무방비와 다름없었다.

국경인은 칼을 두 손으로 휘둘러 왜군의 수급을 잘랐다.

대단한 완력이었다.

이후에도 몇 명을 더 베어버린 국경인은 마침내 왜군 주장 근처에 이르러 칼을 힘껏 휘둘렀는데 왜군 주장도 용력이 뛰어났다.

캉!

창을 휘두르는 솜씨가 좋아 대환도가 땅으로 빗나갔다.

"이것도 막아봐라!"

호기롭게 소리친 국경인이 다시 대환도를 올려치려는 순간.

양 옆에서 근위시동이 달려와 국경인이 탄 말을 창으로 찔러왔다.

국경인은 급히 바닥으로 몸을 날려 피했다.

이미 그가 타던 군마는 온 몸에서 피를 쏟아내며 쓰러져 있었다.

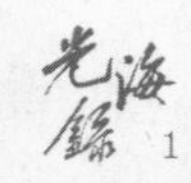

국경인은 왜군의 추격을 피해 도망쳤다.

다행히 근처에 김수량이 있어 그의 말에 합석했다.

김수량이 기수를 돌리다가 흥분했는지 소리를 질렀다.

"오늘 같은 싸움은 근 몇 년 만인 거 같습니다!"

"왜장을 잡지 못하면 우리가 패한 싸움이다! 서둘러!"

"예!"

본대로 돌아온 국경인은 다시 말을 갈아타고 왜장에게 쳐들어갔다.

그러나 왜장은 방어선이 점점 견고해지자 욕심내지 않았다.

왜군 3, 4백 명을 결사대로 남겨 추격을 막게 하고 자신은 나머지 병력과 함께 유유히 빠져나가 본진이 있는 함흥으로 돌아갔다.

부하를 장기 말처럼 버리는 냉정한 수였다.

조선군은 왜군을 쫓는 대신, 내부 정비에 들어갔다.

불 탄 막사를 치워내고 부상당한 병사들을 수레에 실어 후송했다.

그리고 전사자는 땅을 파서 매장했다.

여름이어서 시신을 오래 방치해두면 전염병이 돌았다.

본부연대장 이호의가 팔에 붕대를 감은 채 나타나 보고했다.

"3연대의 피해가 가장 커서 전사 4백여 명, 부상 7백여 명입니다. 그리고 그 외의 부대는 모두 합쳐서 전사 5백여 명, 부상 천 명입니다. 그나마 화포와 군량에 화재가 번지지 않아 다행입니다."

야간 기습으로 거의 2천 명의 병력이 죽거나, 전선에서 이탈했다.

이혼은 가슴이 떨려 제대로 서있기조차 힘들었다.

귓속이 윙윙거리며 주변 풍경이 점차 흐릿하게 변했다.

'이호의의 조언대로 내가 초반에 후퇴를 명했으면 피해가 줄었을까?'

이혼은 이 모든 일이 그의 책임으로 느껴졌다.

결정 한 번에 수천 명의 목숨이 오가는 상황이 압박감을 주었다.

결정을 잘못내리면 수백, 수천 명의 인생이 망가지는 것이다.

이런 압박감은 받아본 역사가 없었다.

'회령과 백두산에서의 승전으로 긴장이 풀린 탓일까?'

이혼은 의자에 앉아 이마를 짚으며 자책했다.

그의 기색을 살피던 허준이 위로했다.

"신이 병법에 대해 잘 아는 건 아니오나 승패는 병가지상사라 했습니다. 첫 패배이니 상심이 크시겠지만 극복하셔야합니다. 왜적은 아직 수십만이나 남았고 백성은 지금 도탄에 빠져 있습니다."

패전으로 입은 멍에가 채 가시기 전에 강문우가 찾아와 엎드렸다.

"소장의 책임입니다. 자결하게 허락해주십시오."

"그게 무슨 말인가? 자결을 허락해달라니?"

"소장이 척후에 실패해 기습을 당했으니 목숨으로 책임지겠습니다."

이혼은 꿇어 엎드린 강문우를 일으켜 세웠다.

"자네의 실책이 아닐세. 우리 전체의 실수야."

강문우를 의자에 앉힌 이혼은 그와 정찰중대의 정찰방법을 바꿨다.

"우선 두 명, 최소 세 명이 한 조를 이루어 정찰하도록 해야 하네."

"그러면 한 명이 당해도 다른 한 명이 정보를 전할 수 있겠군요."

"그렇지. 그리고 정찰대원의 위장도 중요하네. 이번에 당한 정찰대원의 경우에는 갑옷을 입거나, 무기를 소지한 경우가 많았네."

"알겠습니다. 병사들에게 최대한 백성처럼 위장하라 전하겠습니다."

이혼은 정찰중대를 다시 재편해 함흥성의 동정을 살폈다.

다행히 가토 기요마사는 성에 들어가 한동안은 움직이지 않았다.

강문우와 얘기하는 동안, 이혼은 야간기습에 당한 이유를 깨달았다.

'아군이 아군을 적으로 오인한 게 가장 큰 요인이다.'

만약, 3연대가 1연대를 적으로 오인해 공격하지 않았으면 3연대가 무너질 일은 없었을 것이다. 그리고 피해도 최소화했을 것이다.

'해결책이 무엇일까?'

이혼은 그 해결책을 적에게서 찾았다.

바로 왜군의 복장과 깃발에 있었다.

왜국은 백 년 동안의 전국시대를 거치는 동안, 적아의 구분이 모호한 상태에서 이합집산을 반복하며 싸워왔다. 그러다보니 자연히 아군과 적군을 구분하는 표식이 중요해 먼저 군기가 발달했다.

어느 영주의 부대인지 알려주는 하타지루시, 영주의 위치를 알려주는 장식물 형태의 우마지루시, 그리고 개인이 갑옷 뒤에 부착해 어느 부대 소속인지 알려주는 사시모노 등이 바로 그것이다.

그리고 두 번째가 바로 각반이었다.

각반은 말 그대로 무릎에 대는 가죽 형태의 보호장구였다.

왜군은 이 각반의 색을 달리하거나, 문양을 넣어 적아를 구별했다.

이는 암구호처럼 매일 각반의 색을 달리하거나, 각반에

매는 장식물을 달리해 아군에 숨어들어온 적의 첩자를 골라내는데 사용했다.

만약, 적의 첩자가 다른 각반을 찼다면 바로 발각되는 것이다.

이혼은 밖에 나가 기존에 있던 병력과 나중에 합류한 병력을 살펴보았는데 복장과 무기가 모두 제각각이어서 오합지졸로 보였다.

두정갑과 투구를 쓴 장수부터 농부의 옷을 입은 병사, 도포를 입은 유생출신의 병사, 심지어 승복을 입은 병사들마저 더러 있었다.

이런 상태로는 적의 첩자가 숨어 들어와도 가려낼 도리가 없었다.

왜군이 조선 백성으로 위장해 잠입하면 방법이 없는 것이다.

이혼은 근위사단의 편제를 조금 더 세밀하게 만들 필요성을 느꼈다.

지금은 연대장이 모든 부대를 지휘하는 방식이었다.

그러나 이를 바꾸지 않으면 안 될 시기에 도달했다.

'조직을 세분화하여 지휘관이 모든 병사의 얼굴을 알게 해야 한다.'

이혼은 현대 군대처럼 연대장 밑에 대대장, 중대장, 소대장을 두었다.

그리고 연대장은 2천 명, 대대장은 4백 명, 중대장은 1백 명, 소대장은 2십 명을 각각 통솔하도록 해 명령체계를 다시 정비하였다.

또, 급한 대로 암구호를 만들어 전파했다.

어둠이 짙어 시야가 좋지 못할 경우, 먼저 특정 단어를 말하면 그에 맞는 단어로 대답해야하고 그렇지 않으면 적으로 간주했다.

이혼은 마지막으로 사단 군수참모 고상을 불렀다.

"후방에 있는 최흥원에게 연락해 녹색염료를 입힌 군복을 제작하도록 하게. 종류는 상의와 바지며 치수는 다양할수록 좋을 것이네."

"바로 연락하겠습니다."

고상은 서둘러 움직였다.

내부를 정리한 이혼은 가토 기요마사의 움직임에 촉각을 기울였다.

새벽에 한 기습으로 성공을 거둔 가토는 매일 밤 소규모 별동대를 보내 불을 지르고 도망가거나, 아니면 식수원에 맹독을 풀었다.

만약, 물을 길러갔던 병사들이 독을 푸는 현장을 잡지 못했으면 꼼짝없이 그 독을 식수로 사용해 사단이 큰 피해를 입을 뻔했다.

이혼은 식수원에 병력을 파견해 24시간 감시하도록 했다.

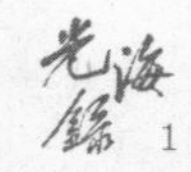

이혼이 가토 기요마사의 기책에 당황하는 동안.

가토 기요마사는 다른 준비를 시작했다.

정찰중대를 다시 만들어 정찰에 나선 강문우가 돌아와 보고했다.

"함흥성에서 매일 망치소리가 끝이지 않는다고 하더이다."

"망치소리가?"

"예, 아무래도 성벽을 개수하는 모양입니다. 그리고 둔전(屯田)을 만들려는지 근처에 있는 옥토(沃土)를 찾아다니는 거 같습니다."

"가토가 장기전을 준비하는 모양이군."

"소장의 생각도 그러하옵니다."

이혼이 초조해할 무렵.

참모장 한극함은 근처 성을 돌며 대완구와 비격진천뢰를 모아왔다.

"서둘러 내려라!"

한극함의 지시에 본부연대 군수과 병사들이 수레에 실어온 대완구와 비격진천뢰를 포병연대가 사용하는 임시 창고에 하역했다.

이혼은 직접 나와 하역하는 광경을 지켜보았다.

"대완구를 몇 문이나 모았소?"

"열문입니다."

"그럼 비격진천뢰는 얼마나?"

"서른 발을 간신히 모아왔습니다."

이혼은 고개를 절레절레 저었다.

비격진천뢰의 숫자가 생각보다 적었다.

이혼의 실망한 표정을 보았는지 한극함이 은근한 어조로 아뢰었다.

"대신, 비격진천뢰보다 더 중요한 걸 얻어왔습니다."

"무엇이오, 그게?"

"비격진천뢰를 만든 이장손(李長孫)을 수배하는 일에 성공했습니다."

이혼은 기뻐하며 물었다.

"그는 어디에 있었소?"

"삼남에서 화포장으로 근무했는데 왜군이 쳐들어올 때 북쪽으로 올라왔다가 다시 내려가지 못해 함경도에 숨어 있었다고 합니다."

한극함의 대답에 이혼이 수레 쪽을 훑어보며 물었다.

"같이 오지 않은 거요?"

"지금 신포(新浦)에 있는데 사람을 보냈으니 며칠 내에 올 겁니다."

이장손의 합류는 확실히 큰 전력이 될 게 틀림없었다.

이장손은 비격진천뢰를 만든 화포장으로 최고수준의 기술자였다.

대완구와 비격진천뢰를 모은 이혼은 공격을 서둘렀다.

가토 기요마사가 함흥성의 방비를 더 단단히 하기 전에 공략하지 못하면 정유재란 때의 왜성처럼 장기전으로 흐를 가능성이 높았다.

이혼은 연대장을 불러 작전을 논의했다.

작전에 대한 논의는 민주적으로 이루어졌다.

전처럼 상명하복 식의 진행이 아니라, 모든 장수가 의견을 내었다.

몇 시간에 걸쳐 진행된 논의에서 작전 한 가지가 나왔다.

이혼은 먼저 군수참모 고상을 불렀다.

"왜군이 공성할 때 사용한 대나무방패를 본 적이 있는가?"

"대나무를 엮어 만든 방패 말씀이십니까?"

"맞네. 그걸 만들어서 포병연대에 보급해주게. 앞에 가죽을 대거나, 철판을 대면 방어력이 조금 올라갈 테니 그렇게 만들어주게."

고상은 급히 군수과 병사를 동원해 대나무방패 제작에 들어갔다.

이혼은 이어 포병연대장 장산호를 불렀다.

"포병이 대완구로 비격진천뢰를 발사해본 경험이 있는가?"

"십여 차례 있습니다."

"실전에서 사용해본 경험은?"

"여진족에게 성채를 빼앗겼을 때 사용해본 적이 몇 번 있습니다."

"그럼 작전회의에서 들은 대로 포병 반을 나누어 훈련을 해주게."

고개를 끄덕인 장산호가 물었다.

"작전시간이 정해진 겁니까?"

"내일이 마침 그믐이니 자정을 지나 개시할 생각이네."

"그럼 작전시간 전까지 준비를 마쳐놓도록 하겠습니다."

장산호가 돌아간 후 이혼은 마지막으로 강문우를 불렀다.

와신상담(臥薪嘗膽)하는 심정으로 정찰중대를 개편한 강문우는 요 며칠 동안, 잠을 줄여가며 닌자의 행적을 추적하는 중이었다.

저번 기습에서 닌자들에게 당한 일을 복수하기 위해서였다.

"닌자들의 행적은 쫓고 있는가?"

"예, 저하. 닌자 일부는 조선 백성의 옷으로 위장해 숨어들었는데 행동에 어색한 점이 많아 부하들이 쉽게 발견할 수 있었습니다."

"공격 개시 전에 최대한 많은 닌자를 제거하게. 어쨌든 기습은 발각되겠지만 그래도 할 수 있는 한 정보를 차단하는 게 좋겠네."

강문우가 살기가 감도는 눈빛으로 중얼거렸다.

"이에는 이, 눈에는 눈이군요."

다음 날, 정찰중대가 가장 먼저 행동을 개시했다.

진채 외곽에 숨어 근위사단을 감시하는 닌자들이 그들의 목표였다.

닌자는 기습엔 강하지만 발각당한 상황에서 방어는 잘하지 못했다.

어렵지 않게 감시하는 닌자를 제거한 정찰중대는 모든 전력을 함흥성에 투입해 성 안에 있는 왜군의 동태를 감시하기 시작했다.

"5연대 전진!"

이혼은 기영도가 가져온 말에 올라 명을 내렸다.

그 즉시, 국경인이 지휘하는 5연대가 빠른 속도로 행군을 시작했다.

자정을 갓 넘은 시각이었다.

달은 그믐이어서 빛이 거의 없는 편이었다.

더구나 병사들은 빛을 반사하기 쉬운 무기 날에 검은 재를 칠했다.

그리고 얼굴과 이에도 재를 발라 기도비닉에 신경 썼다.

"이쪽으로."

이 근처 출신으로 주변 지리에 정통한 병사들이 연대를 이끌었다.

5연대가 출발한 후 포병연대가 출발했다.

원래 포병연대는 기병, 보병, 다음으로 움직였다.

자체 무장이 약하고 이동속도가 느린 포병은 호위부대가 필요했다.

그래서 언제나 진형 가운데 위치해 움직였는데 오늘은 5연대 다음으로 움직이며 수레에 실은 각종 화포와 포탄 운반에 들어갔다.

포병연대 다음은 1연대와 2연대였으며 마지막은 중군이었다.

이혼은 언제나처럼 본부연대와 중군을 형성해 함흥으로 나아갔다.

다행히 중군이 진채를 출발해 함흥성 북쪽에 이르는 동안, 걱정했던 적의 기습은 없었다. 아마도 유격연대의 작전이 통한 듯했다.

어제 저녁부터 유격연대는 근처 백성 수천 명을 동원해 기만작전을 펼쳤다. 마치 함흥을 공격할 거처럼 가까이 접근했다가 멀어지기를 반복하며 함흥에 있는 왜군의 시선을 다른 데로 돌렸다.

별다른 교전 없이 목표했던 지점에 도착한 이혼은 하늘

을 보았다.

희미한 빛을 뿌리던 달마저 구름에 가려 칠흑처럼 어두웠다.

이혼은 장시간에 걸친 행군으로 피곤했지만 눈은 한성처럼 빛났다.

야간 행군 덕분에 눈이 어둠에 익숙해져 웬만큼은 보였다.

그런 이혼의 시야에 함흥성의 흐릿한 전경이 눈에 들어왔다.

조선시대의 성은 크게 세 종류였다.

하나는 읍성(邑城)형태로 지은 평성(平城)이었는데 주로 대도시 동헌이 있는 고을에 지어졌으며 대표적으로 도성이 이에 해당했다.

두 번째는 평산성(平山城)이었다.

평산성은 산이나, 계곡을 낀 평지에 짓는 성으로 읍성과 군사기지의 기능을 골고루 보유하여 전략적으로 중요한 도시에 건설했다.

마지막 세 번째는 산성이었다.

산성은 말 그대로 산에 지은 산성으로 외적을 막는 군사기지였다.

그 중 함흥성은 평산성에 해당했다.

동흥산(東興山)을 배경으로 들에 세운 성이었으며 문은 네 개였다.

또, 남북으로 긴 형태였으며 동흥산에 쌓은 성벽은 외겹, 평지에 쌓은 성벽은 두 겹으로 자연을 충분히 이용한 견성(堅城)이었다.

그 중 조선군이 노리는 성벽은 북쪽에 있는 진북문(鎭北門)이었다.

"5연대 전진."

이혼의 명에 5연대장 국경인이 손을 들어 함흥성 북문을 가리켰다.

그 즉시, 5연대 병사들이 급조한 대나무방패를 들고 나아갔다.

다행히 5연대가 성문 지근거리에 도착하는 동안, 왜군의 움직임은 별달리 없었는데 그 틈을 이용해 포병연대가 빠르게 움직였다.

그러나 대완구와 비격진천뢰가 움직이는 소리를 줄이지는 못했다.

화르륵!

진북문 성루와 성벽에 횃불이 타오르며 빛이 새어나왔다.

그리고 그와 동시에 조총의 총성이 어지럽게 울렸다.

탕탕!

국경인은 부하 하나가 얼굴에 탄환을 맞아 날아가는 모습을 보았다.

"대나무방패 뒤에 몸을 바짝 숙여라! 그러면 맞지 않는다!"

병사들은 대나무방패 뒤에 나무를 대어 비스듬히 기울였다.

기습을 눈치 챈 왜군이 활과 조총을 발사했지만 관통하지 못했다.

대나무방패 뒤에 가죽을 둘러 완전히 뚫지 못했다.

그 사이, 포병연대는 대나무방패 뒤에 대완구를 거치했다.

"죽기 싫으면 서둘러라!"

장산호의 외침에 머리를 숙인 포병 병사들이 대완구를 고정했다.

그때였다.

쉬이익!

근위사단 본진에서 불화살 한 발이 날아와 빈 공터에 떨어져 내렸다.

그 모습을 목격한 국경인은 부하들에게 소리를 질렀다.

"본진에서 총통을 쏠 테니 바짝 엎드려 있어라!"

아군의 포격에 죽고 싶은 사람은 없었기에 모두 바닥에 엎드렸다.

그로부터 얼마 지나지 않아 본대에서 발사한 용란이 날아들었다.

쾅쾅쾅!

용란이 진북문 성루에 떨어지며 화광이 충천했다.

용란 안에는 뇌홍이 든 순발신관이 있어 성벽이나, 나무 기둥에 부딪치는 순간, 압력을 받은 신관이 폭발해 사방으로 불길을 토했다.

또, 용란 안에는 작은 쇠구슬 수백 개가 있어 산탄처럼 터져나갔다.

왜군은 강렬한 포격에 머리를 싸매 쥐었다.

그러니 당연히 아군을 공격하던 조총과 화살의 수가 부쩍 줄었다.

장산호가 허공을 가르는 용란을 보며 입술에 침을 발랐다.

아무리 담이 큰 사내라도 머리 위에서 불과 3, 4미터 떨어진 지점을 날아 성벽에 꽂히는 포탄을 보면 겁을 먹지 않을 수 없었다.

그러나 아군의 엄호포격은 제한적이었다.

용란이 많지 않아 곧 적은 다시 조총을 쏘아댈 것이다.

"완료한 포대부터 비격진천뢰를 쏘아 올려라!"

"예!"

포병 병사들은 이틀 동안 수십 번 연습한 대로 대완구의 커다란 포구 안에 화약을 넣은 후 위에 격목과 비격진천뢰를 장전했다.

"방포!"

포반장 한 명이 소리치는 순간.

다소 경망스러운 포성과 함께 날아오른 비격진천뢰가 하늘로 솟았다.

모든 이의 시선이 포탄의 궤적을 쫓았다.

함흥성은 성벽이 높은 곳은 무려 7미터에 달했다.

웬만한 곡사무기가 아니고서는 저 성벽을 넘어 들어가지 못했다.

"아!"

모든 이의 희망을 담은 비격진천뢰가 성벽을 넘어 사라졌다.

그리고 얼마 지나지 않아 폭음이 울리며 화광이 공중으로 치솟았다.

"성공이다!"

소리를 지른 포병들은 연신 비격진천뢰를 쏘아 올렸다.

지연신관을 구성하는 목곡 심지를 짧게 해 포성은 바로 바로 울렸다.

만약, 목곡에 감는 심지 길이가 길었으면 한참 후에 폭발했을 것이다.

이처럼 목곡의 심지를 조정하면 폭발시간을 정할 수 있었다.

서른 발의 비격진천뢰가 북쪽 성벽으로 들어가 안을 초토화시켰다.

성벽을 지키는 왜군은 등 뒤에서 터지는 비격진천뢰에 혼이 빠져나갔는지 성벽에 접근한 5연대 병력을 제대로 막아내지 못했다.

대나무방패 뒤에 엄폐해있던 국경인이 벌떡 일어났다.

"지금이닷! 폭파병은 서둘러라!"

국경인의 지시에 대나무방패를 든 폭파병들이 성문으로 달려갔다.

"아군은 폭파병을 엄호해라!"

국경인의 지시에 5연대 소속 궁병들이 화살을 쏘기 시작했다.

지금을 위해 아껴둔 화살이었다.

곧 수십 발의 화살이 쉼 없이 날아가 왜군의 공격을 막았다.

"으악!"

폭파병 한 명이 대나무방패와 함께 뒤로 벌렁 넘어갔다.

등과 머리에 화살이 박혀 있었다.

폭파병이 주춤하는 순간.

폭파병을 지휘하던 소대장이 분연히 외쳤다.

"우리의 목표는 성문이다!"

그러나 또 다른 폭파병이 벌집으로 변한 대나무방패와 함께 피를 흘리며 나뒹굴어 가뜩이나 겁을 집어먹은 폭파병의 발을 멈췄다.

"제기랄!"

소대장은 폭파병이 든 가방을 빼앗아서 성문으로 달려갔다.

그가 뛰어가는 곳마다 왜군이 쏜 화살과 탄환이 빗발쳤다.

갈지자로 뛰어 왜군의 공격을 피한 소대장은 성문에 도착하기 무섭게 들고 온 가방을 열어 안에 든 죽폭꾸러미를 성문에 박았다.

"휴우."

심호흡을 한 소대장은 다시 5연대가 있는 곳으로 뛰어갔다.

이번에도 그를 쓰러트리기 위해 탄환과 화살이 비 오듯 쏟아졌다.

5연대와 포병연대 병사들의 시선이 온통 소대장에게 향했다.

어떤 이들은 차마 보지 못하겠는지 얼굴을 돌렸다.

그리고 또 어떤 이들은 땀이 흐르는 주먹을 쥔 채 그를 응원했다.

마치 그림처럼 화살과 탄환을 모두 피한 소대장은 무사히 도착했다.

놀랍게도 몸에는 상처하나 없었다.

5연대장 국경인이 그를 불러 칭찬했다.

"고생했다!"

소대장은 바로 국경인이 아끼던 수하 함인수였다.

그는 국경인의 집에서 반란을 모의했던 토병 중 한 명으로 지금은 5연대 1대대 1소대의 소대장으로 재직하며 병력을 통솔했다.

함인수가 숨을 헐떡이며 국경인을 보았다.

"이제 우리가 공격할 차례지요?"

"맞다. 이제 우리 차례다. 그리고 그 영광스런 일을 너에게 맡기마."

"영광입니다."

꾸벅 고개를 숙인 함인수는 불화살을 만들어 성문에 쏘았다.

그리고 밤하늘을 가른 불화살은 정확히 성문에 있는 죽폭을 맞췄다.

9장. 어명(御命)

NEO ALTERNATIVE HISTORY FICTION

9장. 어명(御命)

콰아아아앙!

지금까지 들어보았던 어떤 폭음보다 큰 폭음이 장내를 찢어발겼다.

붉은 화염은 성문을 나와 성루까지 치솟았고 흑색화약이 내는 하얀 연기는 먼지구름처럼 뭉쳐 그마나 남은 달빛마저 차단했다.

국경인은 눈을 부릅뜬 채 연기 속을 보았다.

잠시 후, 북쪽에서 불어온 바람이 연기 절반을 걷어내는 순간.

부서진 성문이 국경인의 시야에 들어왔다.

"성공했구나!"

소리친 국경인은 소라고둥을 힘차게 불어 작전성공을 알렸다.

잠시 후, 1연대 기병이 부서진 성문으로 뛰어 들어갔다.

그리고 그 뒤를 이어 1연대 보병이 화살을 쏘며 왜군을 제압했다.

안으로 들어간 1연대장 유경천은 남쪽으로 도망치는 왜군을 보았다.

"아군이 안전하게 들어오도록 성문을 먼저 점령해야한다!"

소리친 유경천은 말에서 내려 방패를 꺼냈다.

그런 연후에 앞장서서 성루 계단으로 뛰어갔다.

탕탕!

조총의 총성이 간헐적으로 들려왔으나 그게 다였다.

유경천은 막아서는 왜군을 칼로 베고 왜군의 칼은 방패로 막았다.

힘을 주어 왜군을 밀어낸 유경천은 마침내 성루에 도달했다.

죽폭이 폭발하며 생긴 화재가 성루에 번져 편액이 불꽃에 휩싸였다.

"1대대와 2대대는 서쪽으로!"

"옛!"

"3대대와 5대대는 동쪽으로!"

"예, 장군!"

그 즉시, 1연대 병력이 성벽 좌우로 갈려 남쪽으로 달려갔다.

그 사이, 정문부의 2연대가 들어와 저항하는 왜군에게 활을 쏘았다.

화살이 비처럼 쏟아진 후 왜군은 더 이상 움직이지 않았다.

마지막으로 이혼 자신이 본부연대, 3연대와 들어와 왜군을 추격했다.

본부연대장 이호의가 성루 근처로 달려가며 소리쳤다.

"1대대와 2대대는 나를 따라와라!"

이호의는 두 개 대대를 앞세워 눈앞에 있는 높은 장대를 점령했다.

장대의 이름은 북장대로 그 위에 서면 성이 한눈에 들어왔다.

조선군은 두 갈래로 나뉘어 남문으로 도망치는 왜군을 추격했다.

1연대는 성벽을 지키는 왜군을 격파하며 추격했다.

반면, 2, 3연대는 성 안을 가로질러가며 바로 추격했다.

양쪽에서 폭풍처럼 몰아치는 공세에 왜군은 더 이상 버티지 못했다.

가토 기요마사는 결국 천여 명의 부하들에게 둘러싸여 도망쳤다.

정문부와 정현룡은 도망치는 적을 10킬로미터까지 추격했다.

"한 놈도 살려 보내지 마라!"

호기롭게 외친 정현룡은 동개활로 왜적을 맞춘 후 칼을 휘둘렀다.

왜적들은 화살에 맞아 쓰러지거나, 편곤에 맞아 나뒹굴었다.

왜군의 시신이 함흥에서 남쪽 10킬로미터 지점까지 길게 이어졌다.

한창 신이 나서 가토 기요마사를 추격할 때였다.

군기를 수호하던 하타모토마저 거의 다 죽어 이제 근위시동과 가신단만 거느린 가토 기요마사의 모습은 처량하기 짝이 없었다.

"가토 기요마사가 저기 있다!"

소리친 정현룡은 다시 동개활을 꺼내 활을 쏘았다.

쉬익!

허공을 가른 화살이 가토 기요마사의 뒤에 있던 근위시동을 맞혔다.

정현룡은 실망하지 않고 다시 두 명을 더 쓰러트렸다.

이제 속도만 높이면 가토 기요마사는 그의 수중에 들어오게 된다.

그때, 정문부가 말을 몰아 다가왔다.

"정장군! 적의 유인계일 수 있으니 더 이상 쫓지 않는 게 좋겠소!"

"돌아가려거든 당신이나 돌아가시오! 나는 기필코 놈을 잡아야겠소!"

정문부의 조언을 무시한 정현룡은 말의 속도를 높였다.

몇 개의 산과 몇 개의 얕은 내를 건넜을 무렵.

가토 기요마사의 군마는 잡힐 거 같으면서 좀처럼 잡히지 않았다.

활을 쏘고 싶어도 이미 화살을 모두 소진했다.

한데 그때였다.

작은 야산 뒤에서 군대의 군기 수십 개가 모습을 드러냈다.

정현룡이 깜짝 놀라 살펴보니 검은색 바탕에 흰 색으로 열십자를 그린 기였는데 정연하게 움직이는 모습이 보통 적이 아닌듯했다.

잠시 후, 정면에서 왜군 수백 명이 말을 몰아 달려오기 시작했다.

그리고 그 뒤를 보병 몇 천 명이 조총을 쏘며 따라왔다.

정현룡은 급히 돌아서서 병력을 수습했다.

혼자 너무 빨리 달려오는 바람에 기병 수십이 다였다.

"후퇴한다!"

아무리 공에 눈이 먼 정현룡도 후퇴할 때임을 직감했다.

급히 기수를 돌리려는데 이미 다가온 왜군이 조총을 발사하였다.

탕탕탕!

총소리가 어지럽게 울리더니 옆에 있던 부하들이 말에서 떨어졌다.

"이런!"

정현룡은 미친 듯이 말배를 차며 함흥으로 내달렸다.

이미 지친 군마는 입에 거품을 물었으며 등에서는 식은 땀이 흘렀다.

가토 기요마사가 당한만큼 복수하려는지 왜적은 집요하게 쫓아왔다.

정현룡은 주위를 둘러보았다.

따라오던 기병 대부분이 왜적의 추격에 당해 목숨을 잃었다.

"제가 가서 막겠습니다!"

중대장 하나가 말하더니 기수를 돌려 왜적에게 돌진했다.

"빌어먹을!"

정현룡은 그 틈에 함흥성으로 돌아갔다.

다행히 중대장의 결사적인 저항에 막힌 왜적은 그 자리에 멈췄다.

부하들의 희생으로 무사히 돌아온 정현룡은 이혼을 찾아 보고했다.

물론, 처음 보는 왜군에 대한 보고였다.

정현룡에게 왜군의 군기에 대해 전해들은 이혼은 미간을 찌푸렸다.

'왜군 4번대인 모리 요시나리와 시마즈 요시히로의 군대인 거 같군.'

모리 요시나리는 주코쿠의 패자 모리가문과는 전혀 상관없는 인물로 오다 노부가나의 영지였던 오와리출신이며 도요토미 히데요시의 가신이었다. 그는 또 도요토미 히데요시의 큐슈정벌에 참전해 공을 세운 후 큐슈에 있는 부젠국에 작은 영지를 하사받았다.

오히려 4번대의 진짜 무서운 적은 시마즈 요시히로였다.

시마즈는 시마즈가문의 현 당주로 큐슈 남부를 제패한 패자였다.

이름값이나, 병력면에서 모리 요시나리가 그에 비할 바 아니었지만 요시나리가 히데요시 측근이라는 이유로 주장에서 제외되었다.

실제로 큐슈 남부 패자인 시마즈 요시히로는 만 명을 동원했고 모리 요시나리는 2천 명을 동원했을 만큼, 영지에서 차이가 났다.

시마즈 요시히로는 조선인의 코와 귀를 가장 많이 잘라간 건 물론이거니와 문화재를 약탈하고 많은 백성을 납치한 걸로 유명했다.

또, 적은 군대로 대군을 격파할 만큼 군략(軍略)이 출중했다.

이혼은 정현룡을 내보낸 후 생각했다.

'모리 요시나리가 지휘하는 왜군 4번대의 임무는 강원도와 경기도 북부를 제압해 부산에서 올라오는 병량수송로를 확보하는 것이다.'

이순신의 수군에게 연전연패중에 있는 왜군은 해상으로 군량을 수송하려던 애초의 계획에서 벗어나 육지수송을 강화하는 중이었다.

그래서 모리 요시나리의 4번대와 후쿠시마 마사노리의 5번대, 고바야카와 다카카게의 6번대 6만여 명이 한반도 중남부에 모여 있었다.

이들은 부산에서 올라오는 병량을 평양성에 있는 고니시 유키나카의 1번대와 함경도에 주둔한 가토 기요마사의 2번대, 그리고 황해도와 도성에 주둔하는 구로다 나가마사의 3번대에 전했다.

이혼은 어렵게 구한 조선 전도를 보며 생각했다.

'함흥에서 남서쪽으로 진군해 이 수송로 중간을 끊어버리면 어떨까?'

이혼의 머리가 빠르게 돌아갔다.

'그러면 선봉과 본대로 갈린 왜군을 고립시키는 게 가능할 것이다. 그런 연후 1, 2, 3번대를 명군과 같이 포위해

공격하면 될 것이다.'

이혼은 함흥에 머물며 강원도에 주둔한 4번대의 동향을 감시했다.

그리고 틈틈이 충청도나, 경기 남부로의 진격계획을 세웠다.

계획대로만 된다면 한강 이북의 왜군은 깡그리 없앨 수가 있었다.

그러나 세상일이란 게 원래 뜻대로 되지 않는 법.

의주에서 왔다는 선조의 사신이 이혼이 있는 함흥성에 도착했다.

'선조가 나에게 어명을? 장계는 정탁이 계속 보내고 있을 텐데…….'

한문을 모르는 이혼은 장계를 정탁에게 부탁해 대신 올리게 했다.

어명을 가진 형조판서 이헌국(李憲國)이 이혼을 방문했다.

"저하, 어명이 내려왔으니 채비를 갖추십시오."

이혼은 일전에 영변에서 어명을 받은 적이 있어 그대로 반복했다.

교지를 향해 절을 올린 이혼은 그 앞에 무릎을 꿇었다.

곧 이헌국이 교지를 펼쳐 어명을 대독했다.

"동궁(東宮)이 회령과 백두산에서 왜적을 연파하여 함경도를 수복한 일은 참으로 천고에 남을 공일 것이다. 이제 평양을 수복하여 도성으로 돌아가는 길을 만들어야하니 동궁은 근왕군과 함께 서쪽으로 진군하여 평양성 공격대에 한 팔을 거들도록 하여라."

이혼은 동헌 안으로 들어가 이헌국에게 물었다.

"현재 전국(全局)이 어떻소?"

"전라도와 의주를 포함한 평안도 북부, 그리고 저하께서 막 수복하신 함경도지역 외에는 모두 왜적에게 점령당해 있는 줄 압니다."

"그럼 수군의 상황은 어떻소?"

"전라좌수사 이순신이 한산도(閑山島)에서 왜의 수군을 크게 무찔러 왜적은 이제 수군대신, 육군에 모든 전력을 집중하고 있습니다."

"육전의 상황은 어떻게 돌아가는 중이오?"

"왜군은 어떻게든 곡창지대인 전라도에 들어가려하고, 우리의 관군과 의병들은 이를 어떻게든 막아 전라도를 지키려하는 중입니다."

"으음."

이혼은 임진왜란에 대해 연구했던 기억을 떠올려보았다.

그나마 기록이 남아 있는 전쟁 중에 임진왜란의 기록이 가장 상세해 전사(戰史)를 좋아하는 그는 이 임진왜란을 세밀히 연구했다.

육지와 해상 양쪽으로 병진(竝進)하려던 왜군의 계획은

이순신장군의 수군에 크게 패하는 바람에 제해권을 상실해 차질을 빚었다.

이에 왜군 지휘부는 육지로의 진격을 서둘렀는데 이 중 가장 중요한 작전이 바로 전라도 점령이었다. 보급선이 큐슈, 이키, 대마도로 이어지는 동안 한없이 길어져 자체 보급할 장소가 시급했다.

왜군 지휘부는 이를 해결하기 위해 곡창지대인 전라도를 침략했다.

전라도로 들어가는 방법은 두 가지였다.

전라도와 경상도를 구분하는 경계는 일찍부터 소백산맥이 맡아왔다.

한반도의 등뼈를 구성하는 태백산맥에서 뻗어 나온 소백산맥이 전라도와 경상도 사이를 갈라 경상도에서 전라도로 넘어가려면 소백산맥이 끝나는 남해안의 해안을 따라 서진하거나, 아니면 아예 충청도로 올라가서 조령이나, 추풍령을 넘는 방법이 있었다.

왜군은 처음에 왜군 상륙지가 있는 부산에서 가까운 창원을 통해 전라도 남원으로 직접 들어갈 계획을 세웠다. 그러나 의병장 곽재우의 유격전에 휘말려 실패한 후에는 방법을 바꿔 충청도에서 전라도 쪽으로 들어가는 계획을 세웠고 바로 이를 실행했다.

이 일을 맡은 사람은 6번대인 고바야카와 다카카게였다.

'고바야카와 다카카게는 산전수전을 다 겪어 아주 노련한 자이다.'

왜국 주코쿠의 패자 모리 모토나리는 세 명의 아들을 두었다.

그 중 첫째인 모리 타카모토는 정치력을 인정받아 영토가 커진 모리가문을 다스릴 인재로 꼽혀왔으나 아버지보다 먼저 병사했다.

장자가 비명에 죽자 모리가의 가독은 손자인 모리 테루모토가 계승했는데 할아버지 모토나리나, 아버지 타카모토에 비해 부족한 점이 많아 이때부터 모리가가 흔들리기 시작했다고 봐야했다.

모리 모토나타의 둘째아들은 킷가와 모토하루였다.

아버지 모리 모토나리의 정략에 의해 외가인 킷가와 가문의 양자로 들어가 킷가와가문의 가독을 계승했으며 당연히 성도 모리에서 킷가와로 바뀌었다. 또, 모리가문에서 가장 용맹한 맹장으로 평가받았는데 도요토미 히데요시의 큐슈정벌을 돕다가 병사했다.

마지막 세 번째 아들이 바로 이 6번대의 고바야카와 다카카게였다.

고바야카와 다카카게 역시 아버지 모토나리의 정략에 의해 후사가 끊긴 고바야카와가문에 양자로 들어가 고바야카와가문을 이었다.

모리 모토나리는 생전에 차남 모토하루와 삼남 다카카게를 모리를 지탱하는 두 개의 강, 즉 모리료센이라 부르며 손자 테루모토를 보좌하도록 하였는데 모리 모토나리와 킷가와 모토하루가 죽으며 강력한 힘을 발하던 모리료센의 힘은 약해진 상태였다.

그러나 어쨌든 히데요시에게 먼저 수그리고 들어간 덕분에 주코쿠와 큐슈에 영지를 하사받아 왜국 관서에서 가장 큰 가문이었다.

고바야카와는 가신이며 승려이기도 한 안코쿠지 에케이에게 별동대를 주어 경상도에서 전라도로 들어가는 관문을 뚫도록 하였다.

그러나 홍의장군 곽재우의 등장으로 이 작전은 실패했다.

에케이는 경상도 의령(宜寧)에서 해안을 따라 전라도로 들어가려 하였는데 곽재우의 의병 5십 명에게 대패해 뜻을 이루지 못했다.

이 전투가 바로 정암진전투(鼎巖津戰鬪)다.

이 정암진전투는 조선군과 왜군 양쪽에 큰 의미가 있었다.

먼저 조선군은 의병이 거둔 첫 번째 승리라는 점에 의미가 있었으며 전라도로 진공하려는 왜군의 발목을 잡았다는 의미도 있었다.

만약, 곽재우가 막지 않았으면 정암진을 통해 전라도 남부로 들어간 왜군으로 인해 전라도 수군은 육지에서 공격을 받았을 것이다.

그러면 이순신장군의 수군도 소용없게 되었다.

수군기지가 불타면 보급을 받지 못하니 굶어죽는 수밖에 없었다.

전라도 진공을 저지당한 왜군은 아예 종심(縱深)이 깊은 전라도 방어를 뚫기 보다는 충청도로 우회하기로 하고 북상을 시작했다.

왜군이 남해안을 따라 진격하려면 경상도에서 전라도까지 백여 킬로가 넘는 지역을 조선군과 의병의 저항을 돌파하며 가야했다.

고바야카와의 명을 받은 에케이는 먼저 전라도로 들어가는 길목에 해당하는 충청도 금산(錦山)을 공격해 점령하고 진채를 세웠다.

에케이가 정암진에서 패했다는 소식을 접한 고바야카와도 도성에서 남쪽으로 내려와 에케이가 머무르는 금산에 합류한 상황이었다.

이 금산에서 전라도의 전주(全州)로 가려면 두 가지 길이 있었다.

하나는 대둔산(大芚山)과 운장산(大芚山) 사이에 있는 이치고개를 넘어가는 방법이었다. 그리고 다른 하나는 앞

서 말한 운장산과 마이산(馬耳山) 사이에 있는 웅치고개를 넘어가는 방법이었다.

왜군은 이 두 가지 길을 모두 사용하기로 결정했다.

그래서 먼저 에케이가 6번대 대부분의 병력이라 할 수 있는 1만 병력과 함께 운장산과 마이산에 있는 웅치고개를 향해 진격했다.

이에 조선에서는 김제군수 정담(鄭湛), 나주판관 이복남(李福男), 해남현감 변응정(邊應井) 등의 관군과 황박(黃璞)이 지휘하는 의병이 합세해 웅치에서 에케이의 1만 병력을 저지했는데 왜군의 숫자가 우세해 이틀간에 걸친 싸움에서 서로 큰 피해를 입었다.

조선군은 지형의 이점을, 왜군은 수의 이점을 이용했다.

전투가 거의 끝나갈 무렵, 좁은 고개를 넘는데 상당한 피해를 입은 에케이는 결국 철수를 결정하는데 뜻하지 않은 낭보를 접했다.

순왜 중 몇 사람이 웅치를 지키는 조선군에게서 화살이 모두 떨어졌다는 말을 주워듣고 이 말을 에케에이게 바로 전해준 것이다.

화살이 없으면 싸워볼 만하기에 에케이는 총공격을 명했다.

그 결과, 웅치고개를 수비하던 조선군은 장렬히 싸웠으나 결국 궤멸해 김제군수 정담 등 많은 장수와 병사들이 전투 중 산화했다.

이게 바로 웅치전투였다.

웅치고개를 넘은 에케이는 계획대로 전주성으로 나아갔다.

그러나 왜군도 웅치에서 입은 피해가 커 다시 금산으로 돌아갔다.

전주성의 군민이 합심하여 왜적을 막을 방어를 이미 마쳤기에 병력은 병력대로 잃고 전주성도 얻지 못할 가능성이 있었던 것이다.

또, 의병장 고경명(高敬命)의 대군이 왜군이 비워둔 금산성으로 올라온다는 소식에 거점을 지키기 위해서 서둘러 퇴각에 나섰다.

웅치전투 다음 날에는 이치고개에서 싸움이 벌어졌다.

이치로 진격한 이는 6번대의 대장 고바야카와 다카카게였다.

고바야카와는 부하 에케이에게 1만을 주어 웅치로 진격하게 한 후 자신은 2천 명의 직속부하들과 함께 이치고개를 향해 나아갔다.

이에 조선에서는 도절제사 권율(權慄), 동북현감 황진(黃進)이 병력 천여 명을 이끌고 고바야카와 다카카게가 이끄는 왜군과 맞섰다.

치열한 전투가 이어지는 와중에 선봉에 서서 병사들을

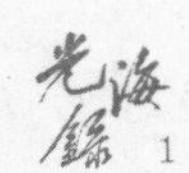

직접 지휘하던 동북현감 황진이 이마에 조총의 탄환을 맞는 아찔한 장면을 연출하였으나 결국 전투에서 승리해 고바야카와를 밀어냈다.

고바야카와 역시 고경명의 의병이 금산으로 올라온다는 소식에 놀라 급히 후퇴하는 바람에 관군과 의병은 전주를 지킬 수 있었다.

이것이 바로 이치전투였다.

이치에선 이겼고 웅치에서는 패했으나 어쨌든 이 두 고개를 철통같이 막은 덕분에 왜군의 전라도 침공은 다시 한 번 실패하였다.

그러나 그 다음 날 벌어진 전투에서는 크나큰 손실을 입었다.

의병장 고경명과 전라도 순찰사 곽영(郭嶸)이 지휘하는 의병 7천 명은 급히 회군한 고바야카와가 지키는 금산성에 총공격을 가했다.

그러나 곽영의 관군이 빈틈을 드러내는 바람에 대패했고 의병장 고경명은 목이 잘려 적병의 창끝에 효수당하는 치욕을 겪었다.

이에 고경명의 둘째아들 고인후(高因厚)가 아버지의 수급을 찾아오기 위해 돌격했다가 그 역시 왜군에게 목이 잘려 효수당했다.

다행히 고경명의 장남 고종후(高從厚)는 끝까지 살아남

아 전투가 끝난 후 아버지와 동생의 수급을 회수해 무사히 장례를 치렀다.

이후 고종후는 스스로를 복수장군(復讎將軍)으로 칭하며 아버지와 동생의 복수를 갚기 동분서주하게 되며 진주성싸움에도 참가했다.

이 전투가 바로 제 1차 금산전투였다.

현재는 왜군을 이치와 웅치에서 막아내긴 했으나 적의 침략거점인 금산성 수복에 실패해 여전히 왜군이 목을 겨누는 상황이었다.

이혼은 전라도가 무사한 거에 안심하며 연대장을 소집했다.

"어명에 따라 우리는 지금부터 평양을 수복하러간다!"

참모장 한극함이 물었다.

"그럼 함흥은 비워두는 겁니까?"

"영의정 최흥원대감이 의병과 흩어진 관군 5천여 명을 수습해 내려오고 있으니 그들에게 인계하는 즉시, 평양으로 출발할 것이다."

며칠 후, 최흥원과 정탁, 심충겸, 윤자신 등이 함흥성에 도착했다.

그들은 이혼이 함흥에서 가토 기요마사와 싸우는 동안, 길주, 경성, 경흥 등 함경도 고을을 돌며 격문을 돌려 의병과 군량을 모았다.

이혼은 최흥원과 윤자신, 심충겸 세 사람에게 함흥을 굳게 지키라는 명을 내린 후 그 자신은 정탁과 근위사단을 데리고 출발했다.

가토 기요마사가 대패해 병력을 대부분 잃었지만 흩어진 병력을 모으면 일군이 꾸리는 게 가능했다. 또, 강원도에 주둔하는 4번대의 시마즈 요시히로를 가벼이 볼 수만은 없어 방어만 하게 했다.

함흥을 제대로 방어하면 왜군은 함경도로 올라가지 못했다.

함흥성을 출발하기 몇 시간 전 한극함이 말했던 이장손이 도착했다.

이장손은 생각보다 젊어보였는데 우락부락하기보다는 유생처럼 선이 고운 사람이었다. 또, 눈가에는 어린애처럼 장난기가 엿보였다.

'아마 저런 성격이 있기 때문에 비격진천뢰를 만들 생각을 했겠지.'

이혼은 참모 고상을 함흥성에 남겨 죽폭과 용란을 만들도록 했다. 그리고 이장손을 병기참모(兵器參謀)에 임명해 본대에 두었다.

준비를 마친 근위사단은 정문부의 2연대부터 출발했다.

이어 좌군 1연대와 우군 3연대가 2연대의 뒤를 따랐으며 중군을 구성하는 본부연대와 후군 5연대가 마지막으로 함흥성을 나왔다.

이혼은 옆에서 말을 모는 정탁에게 부탁했다.

“부제조가 근위사단의 군율(軍律)을 맡아주시오.”

“신이 말이옵니까?”

“부제조가 아니면 할 사람이 없소.”

“군율을 정비하는 일은 지휘관의 몫입니다. 외인이나 다름없는 신이 군율에 관여하면 장수와 병사의 불만을 살게 틀림없습니다.”

이혼은 고개를 저었다.

“지휘관이 군율에 관여하면 사감(私憾)이 끼어들어 불공정한 처사가 생길 수 있으니 차라리 외인인 대감이 맡는 게 나을 것이오.”

이혼의 강력한 권유에 정탁도 더는 거절하지 못했다.

군율을 내세워야할 일은 의외로 생각보다 빨리 찾아왔다.

야간에 행군할 수 없어 영흥(永興) 야산에 진채를 내렸을 때였다.

밤에 배가 고팠는지 본부연대 병사 몇이 몰래 진채를 나와서는 야산 밑에 있는 마을에 숨어들어가 기르던 닭을 훔쳐 먹은 것이다.

이 사실을 전해들은 정탁은 바로 군사재판을 소집했다.

잠시 후, 민가의 닭을 훔쳐 먹은 병사 셋이 포승줄에 묶여 끌려왔다.

이혼은 정탁에게 물었다.

"민간에 이런 일이 일어났을 때 형조는 어떻게 처리하오?"

"곤장을 치는 걸로 아옵니다."

"몇 대를 치오?"

"다섯 대를 친 다음, 닭 값을 물어주도록 한다는 말을 들었습니다."

이혼은 잠시 생각하다가 다시 물었다.

"몇 대를 치는 게 좋겠소?"

"군법은 민간의 법보다 엄격해야합니다."

"그러면?"

"곤장 일곱 대를 쳐야합니다."

"그렇게 하시오."

이혼의 재가를 받은 정탁은 죄지은 병사에게 곤장을 때렸다.

곤장을 한 번 맞을 때마다 엉덩이에 피멍이 들었다.

그리고 일곱 대를 다 때렸을 때는 걷는 게 힘들 지경이었다.

이혼은 준엄한 목소리로 꾸짖었다.

"다음에는 곤장으로 끝나지 않을 것이니 자대에 돌아가 자숙하라."

"황, 황송하옵니다."

병사들은 동료의 부축을 받은 채 다리를 절룩이며 돌아갔다.

재판이 끝난 후 정탁이 권했다.

"군율을 적용하는 것도 좋지만 병사들이 원한을 품게 해서는 안 됩니다. 평시라면 몰라도 전시에는 무슨 일이 일어날지 예측이 불가능하니 군의관에게 저들의 상처를 살펴주라 지시하십시오. 그러면 그들은 감복하여 원한은 잊은 채 오히려 더 충성할 겁니다."

"옳은 생각이오. 군의관!"

이혼의 부름을 받은 허준이 달려왔다.

"찾아계시옵니까?"

"곤장을 맞은 병사들의 상세를 그대가 직접 살펴주시오."

"예, 저하."

허준은 군의관을 불러 병사들을 치료했다.

정탁은 다시 권했다.

"피해를 입은 농가에 저하께서 직접 보상을 해주십시오. 이번 전쟁은 민심을 얻지 못하면 승리하기 어려우니 살필 필요가 있습니다."

"그렇게 하겠소."

이혼은 정탁에게 내탕금을 주어 농가에 보냈다.

명을 받아 진채를 내려온 정탁은 농가에 보상을 해주는 한편, 이를 근처에 소문내 그래도 왜적보다는 왕실이라는 여론을 퍼트렸다.

선조가 도성 백성들을 버리고 몰래 야반도주를 하며 실추된 위상을 회복하려면 앞으로 이혼이 왕실과 함께 해야 할 일이 많았다.

영흥을 지나 평안도에 있는 맹산(孟山)에 도착했을 무렵.

앞서 정찰을 떠났던 독립정찰중대 중대장 강문우가 급히 돌아왔다.

"전방 5리 앞에 왜의 별동대가 움직이는 모습을 보았습니다."

"약탈부대인가?"

"그런 모양입니다."

이혼의 시선이 자연스레 정탁을 향했다.

그 동안 정탁의 꾀로 여러 차례 이득을 보아 의지하는 바가 있었다.

정탁은 지도를 가져와 한 지점을 가리켰다.

"왜군이 있는 지점이 여긴가?"

"예, 대감. 이쪽에서 평양이 있는 남서쪽으로 움직이는 듯했습니다."

강문우의 대답에 정탁은 고개를 끄덕였다.

"보병을 이 계곡 양편에 매복해 놓은 후 기병으로 뒤를 쳐야합니다."

"으음, 그럼 왜군이 놀라 이 계곡으로 들어간다는 말이오?"

"주변에 다른 길이 없으니 틀림없을 겁니다."

"알겠소."

이혼은 그 자리에서 2연대와 3연대를 먼저 보내 계곡에 매복하도록 했다. 그리고 1연대에는 왜군 별동대 후방을 기습하라 명했다.

각 연대는 그 지역 지형에 익숙한 토박이를 뽑아 길안내로 삼았다.

지금도 토박이의 안내를 받아 은밀히 기동했다.

2연대와 3연대가 계곡 양쪽에 매복을 마쳤을 무렵.

1연대장 유경천이 말에 올라 단창을 하늘로 올렸다.

"진군!"

유경천의 명에 기병 천 명이 먼저 말을 몰았다.

그리고 그 뒤를 보병 천 명이 부리나케 따랐다.

그들 대부분은 함경도 토병으로 자신감이 대단했다.

또, 연전연승으로 사기가 상승해 적을 전혀 두려워하는 빛이 없었다.

언덕을 돌아 야트막한 산을 지나는 순간.

"저기다!"

유경천의 눈에 평양성으로 행군하는 왜군 꼬리가 보였다.

이곳 맹산은 평양에서 제법 먼 곳이었다.

아니, 평양보다는 함경도와 가까운 지역이었다.

한데 위험을 무릅쓴 채 이 먼 곳까지 약탈하러왔다는 말은 보급사정이 갈수록 악화중이라는 의미여서 조선에 다행인 상황이었다.

"활을 쏜 후 단숨에 후방을 돌파한다!"

소리친 유경천은 언덕을 내려가며 동개활을 뽑았다.

동개활은 보병이 사용하는 각궁(角弓)에 비해 크기가 작아 위력은 약한 대신, 움직임이 자유롭지 못한 마상에서 사용이 편리했다.

이를테면 머스킷의 총신을 잘라 만든 카빈과 같은 경우였다.

머스킷 역시 기병이 사용하는 게 불편하여 따로 카빈을 제작했다.

유경천은 빠르게 가까워지는 왜군을 향해 활을 겨누었다.

말 위에서 하는 궁사(弓射)는 당연히 평지 궁사보다 힘들었다.

평지는 흔들릴 일이 없지만 말 위에서는 말의 반동을 계산해야했다.

유경천은 말의 반동을 계산하다가 시위를 놓았다.

그 순간, 화살이 물고기가 헤엄치듯 출렁이며 날아갔다.

유경천의 시야에 화살을 맞은 왜군이 쓰러지는 모습이 들어왔다.

그리고 뒤이어 날아든 다른 화살 수십 대에 왜군이 바닥을 굴렀다.

1연대의 수가 만만치 않음을 직감한 왜군은 약탈한 군량과 쇠붙이를 길가에 모두 버려둔 채 남서쪽에 있는 계곡으로 달려갔다.

그러나 이는 범의 아가리에 스스로 들어가는 꼴이었다.

"쏴라!"

정문부의 명에 화살이 비처럼 날았다.

"우리도 질 수 없지! 3연대 일제 사격!"

수풀 속에서 몸을 일으킨 정현룡의 명령에 다시 화살이 쏟아졌다.

계곡 양쪽에서 날아든 화살에 왜군 수백 명이 흩어졌다.

다급한 김에 수풀 쪽으로 뛰어드는 왜군이 있는 반면.

앞에 뚫려 있는 길로 계속 달려가는 왜군도 있었다.

그러나 수풀 쪽으로 뛰어드는 왜군은 2연대와 3연대에 공격받았다.

그리고 길로 계속 달려가던 왜군 역시 이봉수가 지휘하는 유격연대에 가로 막혀 맹산을 약탈하던 왜군은 한 명도 살아남지 못했다.

〈2권에서 계속〉